# 全民大笑話

Rolling On The Floor Laughing!

## 笑到凍未條

永續圖書線上購物網
www.foreverbooks.com.tw

讀品文化事業有限公司

yungjiuh@ms45.hinet.net

達人館系列 19

# 全民大笑話：笑到凍未條！

編　　著　邢正苑
出 版 者　讀品文化事業有限公司
責任編輯　賴美君
封面設計　林鈺恆
內文排版　鄭孝儀

總 經 銷　永續圖書有限公司
TEL ／(02)86473663
FAX ／(02)86473660
劃撥帳號　18669219
地　　址　22103 新北市汐止區大同路三段 194 號 9 樓之 1
TEL ／(02)86473663
FAX ／(02)86473660
出 版 日　2021 年 02 月
法律顧問　方圓法律事務所　涂成樞律師



國家圖書館出版品預行編目資料

全民大笑話：笑到凍未條！／邢正苑編著
.--二版. --新北市 ： 讀品文化, 民 110.02
面； 公分. -- （達人館系列：19）
ISBN 978-986-453-138-7 (平裝)

856.8　　109022245

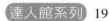

# 全民大笑話 笑到凍未條！

# 1

# 軍營裡的笑話

## D令

小兵：「我有急事要見長官。」
衛兵：「口令！」
小兵：「可不可以通融一下？」
衛兵：「不可以。」
小兵怒罵道：「你這隻看門狗。」
衛兵：「答對了，請進！」

## 新兵

新兵剛拿到制服，看見有個身穿制服的人迎面而來，連忙立正敬禮大聲說：「長官早。」
對方答道：「早，郵政人員竭誠為您效勞。」

## 新式機器

「喂，中士，」士兵奇怪地問，「在我們這個技術發達的世界，部隊裡一定有削馬鈴薯的機器吧？」

「當然，」中士回答，「你正好就是那個最新式的機器。」

## 新兵訓練

班長要求新兵聽樹在說些什麼。過了一會新兵回報不知道，班長要求新兵再聽一次。這次新兵從樹後跑回來說：「樹說有話要跟班長講。」

## 醉漢

士兵回報說，當他開著汽車的時候，前面突然闖出一個醉漢司機，於是兩輛車狠狠地撞在了一起。

這時指揮官問士兵：「你怎麼知道對方是醉漢？」

「因為我看見他駕駛著一棵樹往前跑。」士兵答道。

## 吵架

年輕的士兵收到了一封家鄉來信，卻是一張白紙。

「這是怎麼回事呢？」

「事情是這樣的，在我離開家鄉時我同未婚妻吵了一架，從那以後，我們一直誰都不跟誰講話。」

## 為什麼

中士：「為什麼士兵在戰地兵營裡走動時不能抽菸？」

新兵：「您問得對，中士先生！為什麼不能？」

## 騎車

士兵訓練，指揮官對士兵們說：「你們都躺下，把腿舉起來，像騎自行車一樣運動。」幾分鐘後，一個士兵突然停止了運動。指揮官問他：「你為什麼停下來？」士兵回答：「自行車在自動地轉呢。」

## 機密

「你們機場有多少飛機？」

「你知道問這個問題的性質嗎？難道你不懂軍人應該保守祕密嗎？一個士兵怎麼可以隨便向陌生人透露我們機場有五十架轟炸機呢？」

## 嚴格

母親來看望剛當兵的兒子，問她所在的部隊訓練是否嚴格。

兒子說：「妳還記得和我一起入伍的沃克嗎？在上課的時候他死了，我們只能扶撐住他，直到教官訓話結束了，才讓他倒下！」

## 看場合

軍官正在對新戰士進行考試：「假如在一個漆黑的夜晚，你正在站崗放哨時，突然有人從背後把你緊緊抱住，你該說什麼？」一個戰士答道：「親愛的，放開我。」

## 直升機

軍事演習中，奉命等待直升飛機的到來，但是，飛機始終未到。

隊長上前詢問種菜老婦：「婆婆，妳有看到一隻鐵鳥飛過嗎？」

大娘想了想，說：「鐵鳥沒看到，直升機倒是看到過一架。」

## 軍官

「如果有士兵失足落水，你怎麼辦？」

「我會立刻發警報並拋個救生圈給他。」

「如果是個軍官，譬如說我呢？」

「我堅信你們自我解決問題的能力比士兵強。」

## 迷路

新兵因路不熟便問一阿伯，阿伯指明道路。幾日後，新兵又接到任務再去，偏偏他記憶不好又在老地方迷了路，正巧又碰到了上次的阿伯，遂再問路。

阿伯大驚：「阿兵哥，你還沒找到路啊！」

## 訓練課程

一將軍在訓練士兵操練立正，稍息，左右轉等，練了幾分鐘後，士兵傑克走出行列，不滿地對將軍嚷嚷：「煩死了，您在幾分鐘內改變了十幾次主意，我到底要往哪轉！」

## 職業習慣

「為什麼長得高大英俊的都排在前列，矮的反而全放到後排去了？」

「報告將軍，」營長回答道，「我是擺水果攤出身的！」

## 誰驕傲

「小夥子，讓我們握握手，你可以寫信告訴家人，說你跟上校握過手了，他們一定會為此感到驕傲的。小夥子，你爸爸是幹什麼的？」

士兵說：「報告長官，我爸爸是將軍。」

## 奪槍術

教官示範如何徒手從敵人那裡奪過槍來打死了對方。然後問：「若你在巡邏時碰到一個徒手的敵人，你該怎麼辦？」

士兵想了一下，說：「那我就趕快把槍扔了，這樣他就拿不到槍來殺我了。」

## 射手

「糟糕透了，這樣射擊的成績簡直使我想開槍自殺。」

上校說：「你想開槍自殺？那太好了。不過你要盡可能節省子彈。」

## 好習慣

連長把傑克叫過來說道：「你去查查比爾參軍前是幹什麼的？那小子每次打了靶，總要把指紋擦掉！」

## 通訊兵

兩個退伍的通訊兵求職，但必須考試。於是鉛筆「叩叩叩叩」地敲桌子互相通報重要答案，正當他們「叩叩叩叩」地作弊時，監考老師也敲起桌子來。那一串「叩叩叩叩」的聲音話：「我們原來是同一支部隊的！」

## 打靶

新兵訓練回來，班長就問小王打靶打的怎麼樣。「十發子彈，只中一環」。小王不好意思地說。「哈，比我還多一環！」班長說。

## 戰爭的起因

「喂，你怎麼老是遲到？」

「報告，我總是睡過了頭。」

「什麼？」軍官勃然大怒，「如果每個士兵都睡過頭，世界會變成什麼樣子！」

「那就永遠不會發生戰爭了。」

## 結巴

一位士兵體檢，軍醫問他：「你什麼時候會結巴？」

士兵答道：「我，我，只，只在，講話的，的，時候才結巴。」

## 心戰

有人告訴我說，訓練女特種兵的難點在於：「如何提高士氣？如何讓她們勇於搏殺？」

我有一點建議就是教官只需對她們說：「看見那邊的敵人沒有？他們說妳們穿制服的樣子像肥豬！」

## 尊敬

中尉：「喂，你有沒有兩塊錢零錢？」

士兵：「哥兒們，你運氣不錯！」

中尉：「是誰教你這樣稱呼長官的？再來一次，你有沒有兩塊錢零錢？」

士兵：「沒有！長官！」

## 好吃不好吃

我寄巧克力餅乾給在空軍基地服役的兒子。第一次，我認真的在標籤上寫上「巧克力餅乾」，但一個月後兒子抱怨說他並未收到餅乾。

第二次，我寫上「健康食品」，結果不到一周他就來電話說已收到了。

## 勇敢的士兵

「當時我看見一個敵人，我毫不猶豫的衝上去，一刀就砍下了他的手臂。」

「你真勇敢！」長官誇獎，「那你怎麼不砍下敵人的腦袋呢？」

士兵猶豫地說：「可是，可是我看見他的時候，他就沒有腦袋了啊！」

## 意想不到

炮兵連長向營長報告：「報告營長，敵人太狡猾了，隱蔽的地方簡直讓你意想不到，我們該怎麼辦呢？」

「笨蛋，往那意想不到的地方開炮！」

## 擦槍順序

「你擦槍從哪兒開始？」

「報告長官，」士兵回答，「我先看槍號。」

山姆很奇怪：「看槍號？什麼意思？」

「免得替別人擦了槍！」

## 神功

「當地是埋有許多地雷的危險區域，行動要特別小心。」

「萬一踩到了地雷，應該怎樣做？」

「按照標準程式，你應該凌空躍起大約六十公尺高，然後分散降落在方圓一百公尺的地面上！」

## 班長最大

新兵訓練中心，班長教士兵投手榴彈，班長說：「手榴彈投出去後，一定要馬上臥倒。如果不臥倒，你們知道會怎樣！」

「班長會罵！」新兵齊聲說。

## 數學不錯

「如果打起仗來，你們國家可動員多少人作戰？」

「五十萬人。」瑞士軍官堅定地答道。

「如果我們派百萬大軍進入你們國境，你們怎麼辦？」德國軍官威脅道。

「那我們只好每人開兩槍。」

## 宣佈

上校說，部下家裡有喪事，要婉轉一點通知他們。

過了一個星期，他的一名部下剛死了祖母，便把所有的士兵集合起來宣佈道：「凡是祖母仍健在的，向前走一步走……喂！你站在那裡不要動！」

## 騰空

新兵正在操練。班長命令道：「抬起左腿，伸向前方！」有一個人因為緊張而把右腿伸了去，結果和旁邊士兵的左腿並在了一起。班長十分惱火，喊道：「是哪個該死的把兩條腿都抬起來了！」

## 狙擊手

「將軍！前方石堆中有一個狙擊手，不過他的槍法很爛，這幾天開了好多槍，可是都沒有命中過任何人！」

「既然發現狙擊手，為什麼不把他幹掉？」

「將軍！你瘋了嗎？難道你要叫他們換一個比較準的嗎？」

## 聚精會神

「你為什麼不聚精會神聽我講話？」

布萊克回答：「我在聚精會神聽呢？」

「那你重複一下我剛才講的。」

「好的，將軍。」布萊克應答道，「你為什麼不聚精會神聽我講話？」

## 職業別

教官：「小李，為什麼你的棉被總疊得比小王差？」

小李：「報告長官，小王入伍前是做豆腐的，而我參軍前是做花卷饅頭的。」

## 隔頁

某軍首長發表處理好官兵關係的講話，稿子乃由祕書寫成。在一頁紙快念完時，首長曰：「軍官要愛護士」場下一片大嘩。首長亦覺奇怪，遂翻下頁，大聲補充曰：「這裡還有一個兵！」

## 面試

招兵面試。問：「一加一等於？」

甲：「三」。

「錯」

「五」

「錯」

「七」

「錯，你走吧！」

成績：沒受過教育，但能夠隨機應變，錄取！

乙面試，問：一加一等於？」

「三」

「錯」

「三」

「錯」

「三」

「錯，你走吧。」

寫到：沒有受過教育，但立場堅定，錄取！

丙來也被這麼問，丙堅定的回答是二，主考官寫到：受過教育，但來歷不明，為了安全起見，不要錄取他！

## 長官視察

軍中物質短缺。處長視察供應情況。走到油料庫附近，在地上發現一個菸頭。

軍需處長說：「這是誰的菸頭？」

下士看了看四周，欣喜的說：「看來誰的也不是，長官，趕快撿起來吧！」

## 可提問

導彈基地特意向市民代表開放，軍官指著尖端儀器驕傲地說：「有什麼不明白都可提問。」

只聽一婦女問：「你們是用什麼蠟把地板打得這麼亮的？」

## 升官

「你如果不喝酒，可能已經升到上等兵，說不定已經當軍官了。」

「報告上尉，」小兵回答，「我只要一杯酒下肚，就覺得自己是上校了！」

## 偷竊

上校：「你明明知道現在倉庫常常失竊，可是怎麼偏偏安排一個只有一條腿的殘廢士兵來守衛倉庫大門呢？」

中尉：「報告長官，他只有一條腿，在外面偷東西經常被人抓住，為了不給部隊丟臉，我才故意安排他的。」

## 喝湯

「讓我嚐嚐這湯……太不像話了，怎麼能給戰士喝這個？這簡直就是刷鍋水！」

「我正想告訴您這是刷鍋水，沒想到您已經嚐出來了。」士兵答道。

## 放心

士兵請一位好心的護士口述他給太太的信。他說：「……這裡的護士都不漂亮。」

護士抗議：「你這樣說是不是有點不客氣？」

「是的，」那個士兵笑著說，「不過，這樣說我的太太會很放心的。」

# 2

# 惡搞笑話大集合

## 膽識

一財主在集市口擺一大缸，給每個往裡面吐痰的人五兩銀子。路人紛紛上前吐，缸馬上就滿了。這時財主說給喝一口的人一千兩銀子。突然一個人抱起大缸咕咚咕咚給喝光了！

財主大惑不解，說：「我只要你喝一口，用不著全喝了吧？」

那人說：「我咬不斷。」

## 取經

磚瓦廠長：「你們這是糕點廠嗎？」

糕點廠長：「是啊，什麼事？」

磚瓦廠長：「我們想來吸取經驗，你們的糕點是怎麼做得那樣硬的？」

## 白癡

賊師父罵徒弟道：「你可真稱得上是個白癡！我們費了整夜時間打開所有的保險箱，可是裡面全是空的，現在你才說這是家造保險箱的工廠！」

## 醫生

一位失眠病人去看醫生：「大夫，我這幾天都沒睡好，尤其是昨天晚上，整個晚上沒閉眼。」

「那怪誰？」大夫說，「我不閉眼我也睡不著！」

## 情書

「親愛的，我非常非常想念妳！妳那濃密的金色卷髮，淺藍色的大眼睛，高高的顴骨，妳右手上的那塊傷疤，妳一米六五的身高，妳的一切一切，總是浮現在我的眼前……」

「這真是一封罕見的情書！妳的未婚夫是幹什麼的？」

「他在警察局工作，專寫尋人啟事。」

## 乘機

一位同學買了盤「雄蚊樂」蚊香。

大家問「怎麼叫雄蚊樂呢？」

「雌蚊子出來吸血都被熏得昏沉沉的，雄蚊不正好乘機……」

## 有人算

賊甲：「數數今天一共搶了多少錢？」

賊乙：「不用，明天看看報紙就知道了。」

## 手術費

病人：「我很擔心，這次手術恐怕要花費很多錢。」

醫生：「你別害怕，你可以留下遺囑，叫你的繼承人把你的手術費也繼承下來。」

## 戒酒

在一酒吧間裡顧客在喝酒。他總是兩杯兩杯地喝。

招待員問他：「為什麼你不要一杯大的？」

顧客笑著說：「我已經戒酒了，一杯不喝。」

## 發明家

發明家向朋友誇耀：「我發明了一種機器人，跟人簡直一模一樣！」

朋友問：「它從不出錯嗎？」
發明家：「會，但是當它犯了錯誤時，會把責任推到其他機器人的身上！」

## 胡說八道

甲：「古代人最聰明。」
乙：「為什麼？」
甲：「古人寫書是從上到下，讀時就像在連連點頭；現代人寫書是從左到右，不論文章如何好，都連連搖頭，好像整篇都在胡說八道。」

## 真大方

甲婦：「如果你的老公有外遇，你會怎麼樣？」
乙婦：「我會睜一隻眼，閉一隻眼。」
甲婦：「喔，你真大方啊！」
乙婦：「不，我是用槍瞄準他。」

## 誰的用途大

甲：「我看豬的用途最大，渾身是寶！」

乙：「我看馬比豬的用途還大。」

甲：「不見得。」

乙：「馬不但渾身是寶，就連放的屁也討人喜歡。」

## 一山比一山高

一農民頭一次搭計程車，他怕城裡的計程車司機宰客，到站時拿出螺絲刀邊剔牙邊問：「車資多少錢？」

只見司機拿出一把菜刀邊刮鬍子邊說：「你自己看著辦吧！」

## 告示

「你頭上那個腫塊是怎麼回事？」某人問他朋友。
「我要走進一座大廈時，看見門口有個告示，因為我近視，於是我就湊過去看。」
「告示上說什麼？」
「小心：門向外開！」

## 專長

大夫說：「是的，你說得對你是近視眼，是近視眼。」
青年聽到這句話非常高興。「尊敬的大夫，那麼我可以免服兵役了？」
大夫搖搖頭說：「不……我寫上了可參加肉搏戰。」

## 治療

醫生看了半天病人的喉嚨，問：「你用鹽水漱過口嗎？這對你有好處。」

病人頓時不快起來：「漱過，前天我去海裡游泳，差一點就嗆死了。」

## 小心

甲女跟乙女在閒聊。甲女：「我非常注重避孕的事。」

乙女：「可是妳丈夫不是已經結紮過了嗎？」

甲女回答：「所以我才更要小心避孕呀！」

## 笨小偷

一個小偷在第二次去商店偷東西時被員警抓住了。

員警問：「你不知道偷東西會被抓的嗎？」

小偷搖搖頭說：「我見上面寫著『歡迎再度光臨』！」

## 最恐怖的書

兒子：「爸爸我想看最恐怖的書？」
爸爸：「現在還不能看。我看十年了還覺得很恐怖。」
兒子：「什麼書？」
父親：「叫結婚證書，是男人看了都覺得恐怖。」

## 輪班

張三和李四都是銀行警衛，中午張三來值班，換李四去吃飯。
張三突然說：「你先等等，我要拉肚子！」
李四答：「那你快去拉吧，拉完了我好去吃！」

## 廁所在哪

遊客：「大師，請問那邊的草房子是廁所嗎？」

和尚：「除了那間草房子，其餘的地方都是廁所。」

## 畫展

母女二人參觀女兒男友的畫展，母親發現其中一幅裸體人像酷似女兒，便問道：「妳沒有光著身子給他畫吧？」

女兒答道：「沒有，他是憑記憶畫的。」

## 投票表決

甲：「我決定去做結紮手術。」

乙：「你老婆同意嗎？」

甲：「我老婆倒沒什麼意見，昨天我徵求了孩子們的意見，他們最後以十比三同意了！」

## 死刑

一個死囚被押上絞刑架，他哀求把絞索套在他腰上，千萬不要套在脖子上。他說：「我脖子那兒特別怕癢，要是把絞索套在脖子上，我會笑死的。」

## 感冒藥水

父：「醫生，藥水多配幾瓶好嗎？」
醫：「一瓶足夠了，有別的小孩感冒了嗎？」
父：「我這孩子，要他喝一口，我們也得陪他喝一口。」

## 有期徒刑

法官望著被告說：「我是不是曾經見過你，你好像有些眼熟。」

被告說：「是的！法官，你忘啦？二十年前，是我介紹尊夫人跟你認識的。」

法官咬牙切齒地說：「判你二十年有期徒刑。」

## 近視

甲女：「妳的嘴唇怎麼會嚴重燙傷？」

乙女：「因為近視不戴眼鏡。」

甲：「這個樣子就會燙成這樣？」

乙：「我又誤把汽車點菸器當成口紅了。」

## 藥丸

醫生吩咐病人：「黃色藥丸治胃痛，白色藥丸治心臟病。清楚了嗎？」
病人說：「清楚了，只希望那些藥丸清楚它們該到什麼地方去。」

## 釣魚

釣魚人：「有鮮魚嗎？我想買幾條。」
魚販：「賣光了，只剩下一塊鯊魚肉了。」
釣魚人：「噢，算了！我總不能回家對太太說，我釣到一塊鯊魚。」

## 搞不清楚

麥克喜歡開快車，一次出了車禍，他從昏迷中醒來呻吟著：「這是什麼地方？」

「十八號。」有人答。

麥克：「病房還是地獄？」

## 失誤

「為什麼你要夾一支溫度計在耳朵上？」實習醫生問老醫生。

老醫生：「完了！我一定把鋼筆插在病人的肛門裡了！」

## 救火

一年輕美貌女子，問一救火員：「你為救我脫險，一定花了不少力氣吧？」

救火員：「當然，為此我打退了三個救火員！」

## 體重機

胖女士：「我最討厭自動報體重的電子秤！」

旁人問：「為什麼？它會大聲報出妳的體重？」
胖女士憤怒地說：「不！它每次都大叫一次只限一人！」

## 被叮

甲：「我哥被蚊子叮的整隻手都腫起來了耶！」
乙：「我叔叔被虎頭蜂叮到整隻腳整個都腫了兩倍！」
丙：「我姐不知被什麼東西叮到她整個肚子都腫了起來。」

## 比賽受傷

「你知道嗎？我丈夫在乒乓球決賽中受了傷。」
「可是從來沒有誰看見過他打過球啊？」
「是的，他是在看比賽中喊壞了聲帶。」

## 我的照片

一位女士去拍快照。拍完後便去取自動沖洗的照片，看完驚叫：「怎麼把我照得像隻猴子！」

後面的婦人冷冷道：「那是我的，妳的還要等。」

## 老護士

「會不會痛啊？我怕痛！」

「放心好了，我做了二十年的護士……」

「太好了，這樣我就放心了！」

然後護士一針扎下，只聽到殺豬般的一聲慘叫，護士才緩緩接道：「沒有一次不痛的！」

## 曖昧

護士看到一位病人在病房偷喝酒，就走到過去小聲說：「小心肝！」

病人微笑著說：「小寶貝。」

## 進步

某學生回家對其父說：「老師誇讚我的作文通順。」

父親問：「為什麼？」

子答：「前次老師說我的作文『狗屁不通』，而這次老師說我的作文『放狗屁』！」

## 送禮物

女：「明天是我生日，你送我什麼禮物？」

男：「和去年一樣。」

女：「去年你送我什麼？」

男：「和前年一樣。」

女：「前年是送什麼呢？」

男：「前年我不認識妳，所以什麼也沒送。」

## 目的不同

班長：「你們習武的目的是什麼？」

阿強：「為了強身！」

猛哥：「為了報國！」

大兵：「為了破解女子防身術……」

## 婚前檢查

一對戀人去登記結婚。「做過婚前檢查嗎？」

「查過了，他房子、車子都有了。」

「我是說去醫院。」

女孩臉紅了，小聲回答：「查了，是個男孩。」

## 配合能力

在報導喪葬奇風異俗中，某電視台現場採訪死者之妻：「妳打算採用海葬嗎？」

此婦連連搖頭，說：「不行，他不會游泳。」

## 被打原因

在警察局裡，員警問被毆的傷者，你能描述打你的人的相貌嗎？那人回答：「當然可以，我就是因為形容他的樣子所以挨揍的！」

## 傷心

在富翁葬禮上一年輕人哭得死去活來。不明真相的人們問：「是你父親嗎？」年輕人哭得更厲害了：「不是，為什麼他不是我父親啊？」

## 有防備

有一位樵夫準備去森林裡砍柴，妻子囑咐他說：「森林裡最近強盜出沒，我看你還是帶著槍好了。」

樵夫說：「笨！我可不想連槍都一起被搶走！」

## 看不見

有一家人請客，沒有什麼菜。

客人：「有沒有燈？請借來用用。」

主人：「要燈做什麼？」

客人：「沒有燈，桌上的東西，我一點也看不見。」

## 請假

有一個外國人只會說很好更好兩句中國話，一天僕人進來說：「我要請假兩星期。」

外國人說：「很好。」

僕人說：「因為我父親死了。」

外國人說：「更好。」

## 祈禱

有一個乞丐喃喃地對天祈禱著什麼。有人問他：「你為自己祈禱什麼呀？」

乞丐：「我祝願自己是這座城市裡唯一的乞丐。」

## 輸血原因

有位小偷被抓，法官說：「你已多次偷竊，怎麼惡性不改呢？」

小偷說：「我曾接受過兩次輸血，後來發現那個輸血給我的人原來是個慣賊。」

## 效果

有位太太走進一家商店，指著化妝品對店主人說道：「這有什麼用處？」
這個店主人回頭叫另一個年輕的女子：「媽，妳來讓她看一看妳的皮膚！」

## 生活習慣

有人問指揮官：「在你的部隊裡為什麼寧願要那些結了婚的士兵呢？」
指揮官：「因為結了婚的士兵即使挨了罵，也能唯唯諾諾地執行命令。」

## 助力

游泳者：「貴廠生產的救生圈使我很快學會了游泳。」
廠長：「多謝誇獎。」
游泳者：「救生圈一碰水就洩氣，我只好拼命地游，結果學會了游泳。」

## 十分有效

顧客：「退貨，賠償精神損失。」
售貨員：「生髮水不靈嗎？」
顧客：「是太靈了，我被抓去跟動物園的猩猩住好幾天了。」

## 保密

約翰：「我求你一件事，你能為我保密嗎？」
大衛：「當然可以。」
約翰：「近來我手頭有些緊，你能借給我一些錢嗎？」
大衛：「不必擔心，我就當沒有聽見。」

## 想辦法

「我要買一磅牛油，要跟上次買的一模一樣。」

「我榮幸地聽到顧客對本店的牛油有這樣好的印象。」

「不是這樣，我家來了很多朋友要吃茶點，媽媽正設法使他們下次不敢再來。」

## 賺到了

「今天運氣真好，我買了一把鎖，我付了錢打開一看，裡面還有兩把鑰匙呢，但他忘了跟我收鑰匙錢了。」

他妻子一聽很高興，忙說：「輕聲點，別讓旁人聽見。」

## 道歉

「你是約翰嗎?我是理查,我想向你道歉。今天早晨我們激烈爭論時,我叫你見鬼去。」

「是的。」

「那你現在別去了。」

## 自殺

「你難道不知道這裡嚴禁狩獵嗎?」

「這我知道,我實在是因為遇到了一件不愉快的事,想來這裡自殺的。只是因為開槍時手抖得很厲害,不知怎麼,子彈竟誤射到了野鴨身上。」

## 嚴禁釣魚

「這裡嚴禁釣魚你不知道嗎？」

「這我知道。是這個小壞蛋非要偷吃我忘在水裡魚竿上的魚餌不可，氣得我把牠拉上岸來，罰牠在我的水桶裡待一會兒，過一會兒我也就放牠回去了。」

## 歷史

爺爺說：「唉，我讀書時，歷史成績總是一百分，而你才九十分。」

孫子感到很委屈：「唉，爺爺，你讀書的時候，歷史要短得多啊！」

## 丈夫

甲：「我妻子常提起她以前的丈夫，真氣人！」

乙：「你真幸運，我妻子常提她將來的丈夫！」

## 鐵石心腸

甲：「喂，你介紹給我的那個女演員，似乎是一個心腸很硬的女孩。」

乙：「心腸硬？你要以硬對硬，鑽石就能打動她的心。」

## 報復

甲：「抱歉，我的雞吃了你種的菜。」

乙：「沒事，我的狗已經把你的雞吃了。」

甲：「怪不得我從狗的肚子裡發現了雞骨頭。」

## 生病

甲：「昨天在街上，我見你女友咳嗽的很厲害，引來很多路人的注意。」

乙：「她不是真咳嗽。」

甲：「咦，那是為什麼？」

乙：「因為她昨天又換了一身新衣服。」

## 德

甲：「我買到一張假電影票，這種人可真夠缺德的！」

乙：「票呢？」

甲：「我又轉賣給別人了。」

## 基層幹起

甲：「我可以算是從基層幹起，一直爬到頂峰的青年。」

乙：「真了不起，你是做什麼的呢？」

甲：「以前擦皮鞋，現在是理髮師。」

## 高中同學

甲：「我今天遇到了大雄。」

乙：「誰？」

甲：「高中同學！我們那時都想進醫學院！」

乙：「他不是因為沒考上自殺了嗎？」

甲：「今天我解剖的屍體就是他！」

## 不成文規定

甲：「我家有個不成文規定，我和老婆吵架，不論如何，睡覺前都要和好。」

乙：「不錯，那你們有遵守嗎？」

甲：「記得有一個禮拜，我倆誰都沒睡覺。」

## 影壇恆星

甲：「我發現一顆影壇恆星。」
乙：「什麼叫影壇恆星？」
甲：「幾乎每一部電影都不止一次出場。」
乙：「誰呀？」
甲：「大海。」

## 講道理

甲：「喂，你踩到我的腳了！」
乙：「好的，那請你把腳挪開，讓我踩在地上。」

## 結局

甲：「聽說你昨天去看話劇了。那個劇是歡欣的結局嗎？」

乙：「是的，每個觀眾都為它能及早演完而高興。」

## 獎金來源

甲：「聽說你們陶瓷廠獎金很多。」

乙：「因為近年常有人照顧我們生意。」

甲：「誰？」

乙：「電影界的朋友！現在電影裡人物一生氣就愛摔碗。」

## 辭退理由

甲：「聽說你把女祕書辭了，她犯了什麼錯？」

乙：「我對她說我愛妳。沒多久，她就把這句話打了出來，並要我在上面簽字。」

## 勝利者

甲：「說起來還是情場中的失敗者啊，你這可憐蟲！」

乙：「從另一面看，我是勝利者呢！她退還禮物的時候，把別人的禮物也混在裡面了。」

## 什麼蛋最貴

甲：「什麼蛋最貴？」

乙：「雞蛋。」

甲：「不，臉蛋最貴。我已給了我女朋友五萬元，可是她媽說，憑她女兒的臉蛋，再給五十萬也不算多。」

## 發現新大陸

甲：「如果哥倫布早早結婚，他就發現不了美洲大陸。」

乙：「為什麼？」

甲：「因為他有妻子後，妻子就會問他：『你到哪裡去？和誰一起去？』」

## 發明者

甲：「請問酒是誰發明的？」

乙：「嗯，一位古人，姓高名粱。」

## 有原因的

甲：「你是馴獅員嗎？」

乙：「是的。」

甲：「為何那些兇猛的獅子不吃你？你的身材看起來很瘦小呢。」
乙：「是啊，那些獅子都在等著我胖起來。」

## 優良品種

甲：「你知道嗎？我正在培育新品種，讓鴿子與鸚鵡雜交。」
乙：「為什麼？」
甲：「如果鴿子迷了路，那牠就可以自己問路了。」

## 省更多

甲：「你怎麼累成這樣子啊？」
乙：「我跟在公車的後面跑回家省了十五塊錢。」
甲：「你怎麼不跟在計程車後面跑呢？那樣的話不是可以省更多？」

## 鐵D直斷

甲：「妳為什麼要和張先生解除婚約？」

乙：「算命先生說我會生兩個孩子，但卻說他會生四個，你想，他多了兩個孩子，是跟誰生的？」

## 瘋狂狀態

甲：「你為何把別人的小麥倒入自己的麻袋裡？」

乙：「我是個半瘋的人。」

甲：「你為何不把自己的倒入別人的麻袋裡？」

乙：「那我就成了全瘋啦！」

## 先知

甲：「你什麼時候能還欠我的錢？」

乙：「那誰知道？我又不是先知。」

## 死因

甲：「你那隻會說話的鸚鵡呢？」

乙：「別提了，想不到我養了一星期，牠就死了。」

甲：「是病死的？」

乙：「牠和我太太比賽說話，說到力竭而死。」

## 參觀人數

甲：「你們旅館只有一百多個床位，去年竟有十萬人來光顧，真叫人驚訝。」

乙：「這有什麼奇怪的，絕大多數人都是看一眼就走了。」

## 有根據

甲：「你可知道，人類先有男人還是先有女人？」

乙：「先有男人。」

甲：「根據什麼？」

乙：「這都不知道，我們的男人稱先生，不就是一個鐵證嗎？」

## 心痛

甲：「你何必如此愁悶，那女子的事，不久就會忘掉的。」

乙：「不會忘掉的，我送給她的鋼琴，分二十四個月付錢的。」

## 內容不同

甲：「你對父母包辦婚姻有何看法？」

乙：「我嘛，反對父母包辦婚姻，主張父母包辦婚事。」

## 差異性

甲：「男人和女人看櫥窗的方式有什麼不同？」

乙：「很簡單，女人看物品，男人看物價！」

## 浪費時間

甲：「老王他們實在太浪費時間了。」

乙：「為什麼？」

甲：「他們整夜打麻將，到天亮才休息。」

乙：「你怎麼知道？」

甲：「我在旁邊看了一整夜！」

## 事出有因

甲：「今天你一個人出來的嗎？」

乙：「內人歇斯底里發作了！」

甲：「為了何事？」

乙：「因為我一個人出來。」

## 關心

甲：「家人一點都不關心我。」

乙：「去年冬天你感冒發高燒，全家人不是都整天圍在你床邊？」

甲：「那幾天我家暖爐壞掉了，他們過來取暖！」

## 表裡如一

甲：「過去我老婆表裡不一，當著別人的面對我一種態度，背著人又一種態度。」

乙：「現在好了吧？」

甲：「現在當著別人的面她也敢罵我了。」

## 不開會

甲：「給你也來杯葡萄酒嗎？噢，不，你可是參加了戒酒協會的。」

乙：「沒關係，今天戒酒協會不開會！」

## 戴手套

甲：「歌手唱歌的時候，為什麼一隻手戴著手套，另一隻手不戴手套呢？」

乙：「這才是真正的露一手。」

## 上報

甲：「告訴你一個好消息，經過一段時間的刻苦學習，我的一篇作品終於被一家晚報採用了。」

乙：「是什麼文章？」

甲：「一則遺失聲明。」

## 男子漢

甲：「當我領到薪水後，你猜我會怎麼辦。」

乙：「交給老婆。」

甲：「不，存到銀行。」
乙：「這才是男子漢。」
甲：「然後把存摺交給老婆。」

## 可恥

甲：「唉，我失敗了。」
乙：「沒關係！失敗並不可恥！嗯！」
甲：「失敗並不可恥！」
乙：「對！因為可恥的是失敗的那個人。」

## 預防措施

顧客：「我的菜怎麼還不上？」
侍者：「請你再等一等。」

顧客：「為什麼還要叫我等？」
侍者：「菜裡有幾隻蒼蠅，所以等你打了防疫針後吃。」

## 容易上手

顧客：「請問，琵琶好學嗎？我想買一把。」
營業員：「好學，最簡單了，你一彈就響，買一把吧！」

## 沒問題

顧客：「你曾經對我說過，用這台收音機我可以收到所有的電台。」
售貨員：「您收聽不到？」
顧客：「收到了，但總是同時收到。」

## 一樣

顧客：「你在街頭賣食品，應該加一個防塵罩。」

售貨員：「用不著，我賣都是風味鄉土小吃。」

## 消毒

顧客：「你們這餐具是不是不消毒的？」

店員：「從來沒裝過毒品，消的什麼毒！」

## 物理現象

顧客：「你們這一兩的包子怎麼這樣小？」

售貨員：「剛出鍋時挺大的。」

顧客：「現在怎麼小了呢？」
售貨員：「你不懂熱漲冷縮嗎？」

## 品質

顧客：「你們賣的酒怎麼沒有酒味啊？」
服務生：「啊，真對不起，忘記給您摻酒了。」

## 口味不同

顧客：「你們飯館的米飯真不錯，花樣繁多。」
服務生：「不就一種嗎？」
顧客：「不，有生的，有熟的，有半生不熟的。」

## 原料

顧客：「買一斤肉丸子。」
售貨員：「請交八兩糧票。」
顧客：「買肉丸子怎麼還交糧票？」
售貨員：「一斤丸子裡有八兩饅頭。」

## 理髮費用

顧客：「理髮多少錢？」
理髮師：「十元。」
顧客：「這麼貴！我是一個快禿頂的人。」
理髮師：「我當然知道。三元是理髮的，另外七元是找頭髮的。」

## 找不到

顧客：「老闆，你們這附近有鑽井隊嗎？」

老闆：「問這個做什麼？」

顧客：「想鑽鑽，看包子餡在什麼地方。」

## 貼切

顧客：「吃了貴店的湯圓，使我想起唐朝一位大詩人的名字。」

服務生：「請問這位詩人是誰？」

顧客：「李（裡）白。」

## 慚愧

服務生對豪飲狂歡年輕人說道：「不要這樣大喊大叫！隔壁先生說他不能

看書了。」
「你去告訴他，他應該感到慚愧，我五歲就能看書了。」

## 錯怪

夫妻吵架，妻：「早該聽我媽的話不要嫁給你！」
夫：「妳是說妳媽曾阻止妳嫁我？」
妻點了點頭，夫用力捶了下桌子：「那這些年來我真是錯怪她了！」

## 遺傳基因

夫：「我們兒子聰明，這全都是我遺傳給他的。」
妻：「一點也沒錯，我的還自己保留著。」

## 不像話

夫：「妳真可惡！不和我商量一句，就把頭髮剪了，像什麼話？」

妻：「你也不和我商量一句，就把頭頂禿了，像什麼話？」

## 對比

夫：「你出去帶那隻狗，是想以牠作對比顯示出妳的美貌吧？」

妻：「你真糊塗，那我還不如帶你出去更好！」

## 爛片

導演：「觀眾對我最近的新片有何評價？」

放映員：「放映時電影院裡真是悲喜交集！只要影片中的女主角痛哭流涕，觀眾就笑得前仰後合。」

## 沒有錯

導航員：「請報告你的高度、位置。」

飛行員：「我大約高一米八，現在正坐在駕駛員的座位上。」

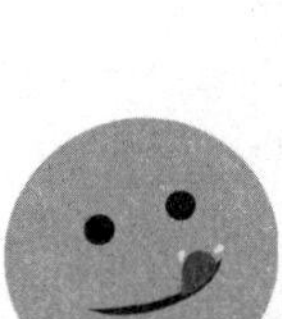

3

# 方言口音的爆笑誤解

## 你叫什麼名字

員警：「阿婆，妳叫什麼名字？」
阿婆：「安室奈美惠。」
員警：「妳是安室奈美惠？我還木村拓哉咧！」
阿婆：「沒錯，我是賴美惠。」

## 害怕

有個江南人到京城去，在城內把一塊手帕弄丟了，問一個粗暴的男人道：「你見我帕否？」

男人大怒道：「我見千見萬，為何見你怕！」

## 方言

一日，去廣東佛山出差，見路邊一老太太乘涼，便上前問路。誰知伊指手劃腳半天，卻不知所云。一中年人過來笑道：「她說她不懂你的方言。」

## 會錯意

一個新婚不久的「胡小姐」去辦理戶口手續，承辦人辦好之後，將卷本交給她，為了避免誤拿，所以順便問一下：「小姐，你姓胡嗎？」

胡小姐很嬌羞地說：「不好意思說啦！」

此人有些納悶，但還是再次問：「怎麼會呢？小姐，你姓胡嗎？」

那小姐只好紅著臉說：「很美滿啦！」

原來此人將「姓胡」說成「幸福」了，以致胡小姐錯會其意。

## D音

一個口音很重的縣長到村裡作報告：

「兔子們，蝦米們，豬尾巴！不要醬瓜，鹹菜太貴啦！」

（翻譯：同志們，鄉民們，注意吧！不要講話，現在開會啦！）

縣長講完後，主持人說：「鹹菜請香腸醬瓜！」

（翻譯：現在請鄉長講話！）

鄉長說：「兔子們，今天的飯狗吃了，大家都是大王八！」

（翻譯：同志們，今天的飯夠吃了，大家都吃大碗吧！）

「不要醬瓜，我撿個狗屎給你們舔舔……」

（翻譯：不要講話，我講個故事給你們聽聽……）

## 四川人

我們有一個女數學教師，四川人，可就是「吻」和「問」總是分不清。

有一次她給我們講完一道題問大家說：「大家聽明白了嗎？不明白的話可以起來『吻』我。」同學們一聽都驚訝了，都你看看我我看看你的，沒一個人起來。

她又說：「怎麼，不好意思起來『吻』是不是呀？」

同學們一聽更是愣然了，有的同學快笑出來了。老師一看還是沒人問就說：「都這麼大了，還不敢『吻』呀？好了，不會的等下課後到我辦公室，沒人的時候『吻』我。」

哈哈！同學們最終還是沒忍住笑了出來。

## 多少錢

愛好旅遊的廣東男子，走進了一家飯店，他見一個漂亮的小姐端著盤子走了過來，眼睛頓時一亮，忙上前笑盈盈地擻著廣東話問：「小姐，請問睡覺一晚多少錢啦？」（水餃一碗多少錢）引來的後果可想而知……

## 甩甩

有兩個雲南人到北京去玩，聽說北京烤鴨很出名，就決定去吃。剛坐下其中一個就對服務生說：「去拿兩隻烤鴨來甩甩！」等了一會，他們見那個服務生提了一隻烤鴨在他們面前晃了晃，就走了。有一個等不及了，就把服務生叫來問為什麼不給他們上烤鴨，那個服務生說：「你不是叫我提隻烤鴨來甩甩的嗎？」

注：（「甩甩」在雲南方言中指的是「吃」）

## 吃早點

老董是河南人，來到南方吃早點，一進門就問：「小姐，睡覺（水餃）多少錢一晚（碗）？」

服務生很不高興，就說：「沒有，只有饅頭。」

老董說了：「哦，摸摸（饃饃）也行。」

服務生極為惱怒，罵到：「流氓！」

老董極為驚訝：「六毛？太便宜了！」

## 三個願望

某士兵被俘虜了，敵人答應滿足他三個願望再殺他。

士兵說：「我要和我的馬說幾句話。」敵人答應了。

次日，馬回來了，帶回來一個美女，士兵和女的共渡良宵。

敵人說還有兩個願望，士兵說：「我要和我的馬說幾句話。」敵人答應了。

次日，馬回來了，又帶回來一個美女。士兵又和女的共渡良宵。

敵人說你還有最後一個願望，士兵還是說：「我要和我的馬說幾句話。」

敵人很奇怪就前去馬廄偷聽，看士到士兵揪著馬耳朵，大叫：「我是叫你去帶一個旅的人來，不是一個女的人！」

## 厲害厲害

有些廣西人講話，咬字不準，常常帶明顯的地方口音，普遍的是將空讀成公，口讀成狗，風讀瘋，由此鬧出以下笑話：

有個朋友遠到，主人上了一盤田螺招待，席間夾起一顆一看說：「公的！」便棄之，又夾起一個又道：「又是公的！」

朋友非常驚訝，心想：厲害！廣西人厲害！連田螺的公母都看的出來！

又有一次，也是請朋友吃飯，廣西人有點感冒，發現自己坐在空調風口

下，便說：「我感冒，不能坐在瘋狗邊。」講完就換了座位。

朋友不開心了：「什麼意思？說我是瘋狗？」

## 自我介紹

老友新朋，見面互相介紹，只聽說：「這是某某報社的孽種（葉總），這是某某報社的良種（梁總）；我姓驢（呂），大家就叫我老驢或驢種（呂總）好啦。我們互相認識了，以後多多歡笑（關照）。」

## 誰先死

有個南方人到公共洗手間洗臉，遇一老人，便客氣地請老人先洗：「你先死（洗）吧！」老人不悅：「你會說話嗎？」

那個南方人也生氣了：「我好心叫你死（洗）你不死（洗），算啦，我死（洗）就是啦！」

## 南通話

南通話把「挨」、「碰」都說成是和普通話「愛」一樣的發音。

有一次，有個南通人去外地坐汽車，正當汽車行駛中忽然來了個急剎車，這個人不小心碰到前面的一位婦女，這個女的就說：「喂，你碰我做什麼啊？」

那個南通人就用不太標準的南通話說：「吾把四故意愛你的！」（我不是故意碰你的）

那女的一聽就急了，說：「誰愛你的啊！」

那男的很著急，連忙辯解道：「是擬先愛吾的。」（是你先碰我的）

## 誰放屁

有一次，一個南通人去外地出差，住賓館的時候不知道賓館一般都把被子放在壁櫥裡，於是叫服務生來，問一問被子在哪裡。

南通人：「小姐，這個屁放在哪裡呢？」（小姐，這個被放在哪裡呢？）

服務生很是奇怪，說道：「你放的屁，我怎麼知道啊！」

南通人很著急，又說道：「小姐，吾吻擬，這個屁到底放在哪裡呢？」（小姐，我問你，這個被到底放在哪裡呢？）

服務生很生氣說：「你下流，你自己放的屁，還要吻我？」

於是爭執不下，服務生找來經理，經理耐心瞭解清楚後才知道這個南通人要的是被子，最後問題解決了，但是這個南通人最後還不忘再說一句：「小姐，我到底吻你下呢，這個事情是，是擬先愛我的，還是吾先愛擬的？」（小姐，我最後問你下，這個事情，是你先惹我的還是我先惹你）

這個服務生當場無語。

## 導遊

某潮汕地區導遊熱情地帶領外省來參觀的客人上船遊覽時，很認真地說：「今天風大浪大，大家要吃點避孕（避暈）藥，免得頭暈。」

眾人臉紅。

然後，該導遊又熱情地招呼大家：「來來來，請到床頭（船頭）來，坐在床頭（船頭）看嬌妻（郊區），真是越看越美麗啊！」

## 招待

盛夏，珠三角某幹部領著一群外省來取經的人到處參觀，中間小休一會兒，他盛情地對大家說：「天氣太熱，請大家吃點西瓜解解暑，親親熱（清清熱），來，你們吃大便（大塊的），我們吃小便（小塊的），吃完以後去看我們的下場（蝦場）。」眾人拿著西瓜，不知如何是好。

## 教官

教官說：「一班殺雞，二班偷蛋，我來給你們做稀飯。」

眾學員不明白他的意思，教官見狀很是尷尬。

一會兒，終於有個學員站出來說：「教官的意思是啊，一班射擊，二班投彈，教官給我們做示範。」

眾學員恍然大悟。

## 數學

一個說話有濃重口音的老師提問學生：「五十加九等於？」

學生想了半天才答：「武術加酒等於醉拳。」

# 4

# 二人吵架片段

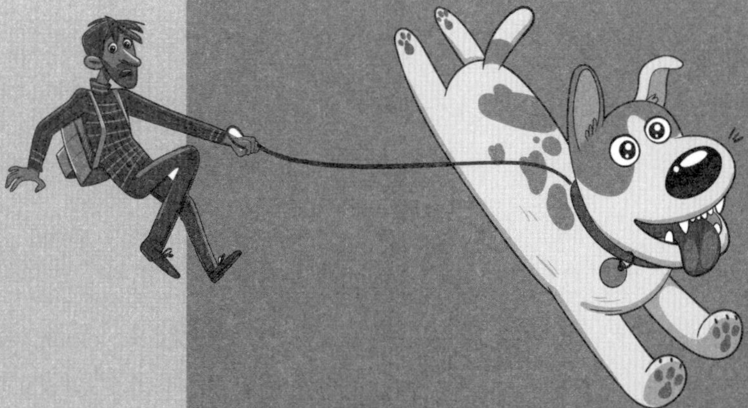

A：（盛怒）「你、你、你簡直是一坨屎！」

B：（鄙夷）「我是屎，你天天圍著屎轉，你是什麼東西？」

A：（語塞）「我，我……」

B：（手指畫圈）「你說，你是屎蒼蠅，還是屎殼郎？」

A：「你怎麼那麼笨？」

B：「我承認我笨，你喜歡個笨的不就更笨？所以就算我笨，也比你要聰明那麼一點。」

A：「我覺得妳跟那個男的關係不正常！」

B：「妳眼睛瞎了啊？就算要偷人，也要偷個好看點的嘛，妳說偷這樣的人，簡直是侮辱我，順帶侮辱妳自己！」

A：「我眼睛瞎爆了才看得起你！」

B：「嗯，怪不得你現在近視加起來兩千多。」

A：「你簡直是豬！」

B：「我不是！」

A：「對了，你不是，說你是豬也是侮辱豬的智商！」

A：「你怎麼笨得那麼凶啊？」

B：「我不笨得那麼凶怎看得起你啊？」

小學教室裡，兩名小學生不知為什麼吵了起來。

A：「你等著，我打個電話叫人來！」

B：「你……你叫啊，有本事叫一卡車人來，我怕你不成。」

沒想到A真的跑去打電話了，過了好大一會兒，A回來了，對B狠狠地說：「有本事你在這裡等著別走，三十分鐘後你就知道自己怎麼死的了！」

B緊張得不得了，但也沒辦法。

三十分鐘後，學校廣播：「某某同學，聽到廣播請速到廣播室，這裡有人找。」

B心裡很害怕，但想想是在廣播室，應該不會有事，於是去了廣播室，看見一個身材高大、剽悍、頭髮染成金色的時髦男青年走向他：「你是某某嗎？」

B：「我，我，我是……」

時髦青年：「真是對不起，讓你久等了，這是你叫的二十隻雞翅，一共九百九十九元。」

A：「白癡！」

B：「你在做自我介紹嗎？」

買衣服的時候，營業員（鄙夷地說）：「這個衣服很貴的，不買不要亂碰。」

某女：「好像你很有錢？你有錢就不會出來賣了！」

昨天兩同學鬥嘴。

甲罵乙：「你真是狗嘴裡吐不出象牙。」

乙立即回應：「你吐一個給我看看。」

A罵B罵的很難聽，B卻沉默。

C：「你怎麼不回嘴？」

B：「狗咬我一口，我不可能咬狗一口。」

A：「你看屁啊！」

B：「我看你呢。」

A：「你以迅雷不及掩耳盜鈴兒響叮噹仁不讓世界充滿愛無止境然跟我說這樣的話？」

B：「你塞翁失馬失前蹄笑皆非短流長使英雄淚滿襟幗不讓鬚眉來眼去你媽的！」

以前我同事不知道在哪兒學了一句話是「巴黎聖母院缺個敲鐘的，你去吧！」

我直覺的回答：「怎麼，你從那兒辭職了？」

A：「你惹龍惹虎也惹不起我！」

B：「我忍屎忍尿也忍不下你呀！」

A：「你個畜生。」

B：「畜生你罵哪個？」

A：「老子罵你！」

B：「哦，畜生罵我啊！」

A：「你真是太丟人了，趕緊拿遮羞布遮一下。」

B：「我沒有這種東西啊，要不把你的借我。」

A：「我的太小了，不夠你用。」

B：「……」

有一次課堂上一學生搗亂。
老師：「我還從來沒見過你這樣的學生！」
學生：「但你這樣的老師我見得多了！」

我同事：「你臉上的痘真多，拖拉機開上去都會翻車！」
我：「我臉上的痘要是和你腦袋上的頭髮一樣少，就心滿意足了！」

A比B瘦，但比B矮。
A在對C小聲的說：「B好胖啊。」
B幽幽的說：「胖是一時的事，矮是一輩子的事。」

被一個長得比我好看，身材比我苗條的賤人攻擊：「我昨天在XX路（紅燈區）看見妳在那做生意了，可惜沒什麼人找妳啊？」

老娘回：「是啊是啊，所以我每次都是去看看就回來了，不像妳生意好得做通宵啊。」

某次見一男一女吵架，男：「吵不贏妳，妳們女的兩張嘴。」

女：「我們兩張嘴也比不過你呀，你一張嘴還加個麥克風。」

男：「……」

A：「你腦子全是屎！」

B很淡定的說：「是，全是你。」

中午，A剛從廁所出來，B迎面走來，B：「吃了沒？」

A：「剛做好，就等你了」

有一天上班的時候，我去上廁所，回來後不久就和同事為工作上的事吵了起來。她罵我：「你剛才上廁所的時候腦子被門夾過啦？」我立刻回：「我終於知道你為什麼這麼笨了！」

A：「你當我白癡啊！」
B：「啊？原來你不是啊？」

無論對方說什麼，你都回答：「你牙齒裡有根青菜。」如果對方說：「亂講，我今天沒吃青菜」你就驚訝地說：「原來是昨天的啊！」

# 5

# 讓你無語的墓誌銘

✝歡迎光臨，有事敲門。
✝我都死了，你們還要來煩我！
✝我這裡三缺一，就缺你了。
✝我曾經像你們一樣，你們總有一天也會像我一樣。
✝終於可以失掉身體百分之八十的水分，可以變瘦了！
✝此地以人為本！
✝感謝你們來看我，今晚十二點我一定親自登門感謝。
✝我是不是走錯地方了？嗯？
✝謝謝你來看我，我會時常上去看你的。
✝小事招魂，大事挖墳。
✝這世界我曾經來過……
✝別老盯著我的房子，你也會有一間的！
✝老子終於不用怕鬼了！

✝這輩子我對不起很多人，也有很多人對不起我。我對不起的人可以來此羞辱我；對不起我的人可以來此緬懷我。如果真的很想我，就下來陪我……

✝睡覺中，請勿打擾！

✝我就住下面，有空來聊聊？我不會搬家的，別擔心！

✝您好走，恕我不站起來了……

✝當你看清這行字的時候：你踩到我了

✝感謝政府為我解決了住房問題！

✝招待不周，恕不遠送……

✝走過路過不要錯過，進來休息一下嘛……

✝就讓思念從此毀滅，就讓災難不再重現，當愛變得如此真切，從此魂消魄散在三界。

✝做鬼也要厚道。

✝有事call我，手機：××××××××××，或者加我臉書給我一個讚。

✝廣告出租。

✝請勿在此地吐痰拉屎或撒尿。內急者可到旁邊二十九樓的墳頭。

✝等你……

✝請幫我掃掃院子，謝謝！我會托夢給你的。

✝我是怎麼死的？

✝不要偷吃我的祭品！

✝我轉世在美國，現在電話還沒設定，E-mail:xxx.com

✝基因重組中，請稍候二十年……

✝庸醫墓誌銘：「先生初習武，無所成；後又經商，亦無所獲。轉學歧黃醫術三載，執業多年，無一人問津。忽一日，先生染病，試自醫之，乃卒焉。」

✝哎，空間太小了，翻個身都困難。

✝旺鋪轉讓，價格面議。

✝禁止在此小便，違者沒收工具。

✝請勿挖掘！

✝一居室，求合租，面議。

✝看什麼，有種當面提意見！

✝摸骨算命……

✝醒也無聊，睡也無聊，生也無聊，死也無聊。

✝有事請敲碑，聽到「嘀」的一聲後請留下你的口訊。

# 6

# 童言真的很無忌

## 撒尿

蚊子飛到熟睡寶寶屁股上，爸爸趕走蚊子抹上花露水。寶寶驚醒大叫：「媽，蚊子剛才在我的屁股上撒了一泡尿！」

## 抓背

一個同事在家覺得後背發癢，就把他四歲大的兒子叫來：「給爸爸抓抓背。」結果兒子用一隻手指抵住他，很正經的說：「爸爸，動吧。」

## 玩具

小男孩小女孩一起洗澡，女孩對小雞雞很好奇伸手要抓，男孩邊躲邊叫：「不給你玩！你把自己的都玩丟了，我的不能給你玩！」

## 名稱

在幼稚園裡老師問一個小孩的父親叫什麼名字。「爸爸。」她答道。

「沒錯，我知道，」老師說，「可是你媽媽怎樣喊他的呢？」

「死鬼。」她立刻回答。

## 判斷

小明和小雨談論網路，小雨突然若有所思的問小明：「你說我是恐龍嗎？」

小明從頭到腳仔細觀察了一遍小雨，很迷惑的答道：「莫非妳要問我，妳是哪個時期的恐龍嗎？」

## 買賣

「愛是金錢買不到的。」為了讓孩子更加信服，他問道：「假如我出一百法郎，能使你們不愛父母嗎？顯然不能！」現場一片寂靜。

突然有個學生囁嚅地問：「要是我不愛哥哥，先生你會出多少錢？」

## 原因

病孩：「媽媽，發藥的阿姨為什麼戴口罩？」

媽媽：「給你的藥很好吃，院長怕她們偷吃了。」

病孩：「給那些拿刀的叔叔戴口罩，是怕他們聚餐吧？」

## 易碎物品

電梯裡小明放了個很響的屁，小毛一手捏鼻子一手指著電梯門上一牌子說：「你沒看到這寫著『小心輕放』嗎？」

## 成熟

第一天幼稚園上課，老師把一籃積木倒在桌上，讓孩子自由發揮。只見丁丁把積木在自己面前排成一橫排，往前一推說著：「我胡了！」

## 問路

老李出差外地，迷路了，就走過去手摸著一個在路邊玩的小孩的頭問：「小朋友，這是什麼地方呀？」

孩子說道：「這是我的頭呀。」

## 成長祕密

樂樂：「媽媽，我是怎麼長大的？」

媽媽覺得教育的機會來了，就說：「是媽媽把屎把尿餵大的。」樂樂大哭：「妳怎麼都給我吃那些呀！嗚……」

## 玩具

孕婦母親捂著肚子呻吟，男孩問：「媽媽怎麼了？」
母親說：「你弟弟踢我呢！他越來越淘氣了。」
男孩說：「那妳為什麼不吞個玩具給他呢？」

## 工作

六歲的小芳很可愛，常常被班上小男生求婚。有一天，小芳回家後跟媽媽說：「媽咪！今天小強跟我求婚要我嫁給他！」
媽媽漫不經心的說：「他有固定的工作嗎？」
小芳想了想說：「他是我們班上負責擦黑板的。」

## 獨子

寵物食品公司作市場調查，接電話的是一個小孩。

調查員：「你家有沒有養小狗小貓或者小兔？」

小孩：「沒有，我媽就生了我一個！」

## 告狀

農夫巡視果園，發現一個小男孩攀上了蘋果樹。

「小搗蛋，你等著看，我要去告訴你爸爸！」農夫生氣的說。

男孩抬頭向上面喊道：「爸，底下有人要跟你說話！」

## 聰明

「爸爸，有人把我們的車偷走了。」
「你認得那人的模樣了嗎？」
「沒留意看，但我把車號記住了！」

## 不孝

父與子一起劈柴，父親不慎用斧頭傷了兒子的手，兒子破口大罵：「老烏龜，你眼瞎了嗎？」

孫子在旁見爺爺被罵，大為不平「挺身而出」罵道：「賊種，父親是隨便罵的嗎？」

## 長大了

四歲的男孩親了三歲的女孩一口，女孩對男孩說：「你親了我可要對我負責啊。」男孩成熟地拍了拍女孩的肩膀，笑著說：「妳放心，我們又不是一、兩歲的小孩子！」

## 物理現象

媽媽：「胖妞，還不去洗澡？」

胖妞：「水還沒放滿啊！」

小弟：「妳坐下去就滿啦！」

## 誰該怕誰

媽媽：「注意，別吃下蘋果裡的蟲子！」

兒子：「為什麼要我注意？應該牠要注意我才對啊！」

## 從哪裡來

小男孩問媽媽：「媽媽，我到底是從哪裡來的？」

媽媽就支吾地解釋了半天生殖的過程。

兒子聽完一頭霧水地說：「怎麼會這樣？我的同學說他是從山西來的！」

## 過期

在我小侄子四、五歲時，他在家裡地板撿到一元，他很高興地拿起來一看是「一九九二年」的錢，他不高興地把錢丟了：「這錢過期了」

## 喜歡原因

我的兒子開始進托兒所後的第三天，我問他：「你現在喜歡去托兒所了吧？」

兒子說道：「是啊，在那裡我就可以等著你來接我回家。」

## 疑問

在打開一個沙丁魚罐頭時，母親對孩子說：「有時候，大魚會把這種沙丁魚一口吞掉。」

蘭蘭：「是嗎？但是，大魚要怎麼把罐頭打開呢？」

## 腦袋

幼稚園裡有兩個男孩在吵架，其中一個大嚷：「我回去叫我爸爸打你爸爸的腦袋。」

另一個小孩笑道：「我媽媽都說，我爸爸根本就沒有腦袋！」

## 眼光

一男生一路跟著女生，糾纏不休。到家後，小弟見那人還在門外不遠處站著，自告奮勇去轟他走。小弟出去大喊：「沒眼光，看上我姐姐！」

## 木箱

一個父親帶著剛滿三歲的兒子去聽小提琴音樂會，看到一半時兒子突然問父親：「爸爸那個人什麼時候才能把那個大木箱子鋸斷呢？」

## 炒飯

一次我出差，見一餐館牆上豎寫兩行字：「小炒，便飯。」於是入內吃了個飽，出來見兩個小學生在牆前朗讀：「小便炒飯。」從此我再也不吃炒飯了。

## 暖和

父親：「把窗戶關上，外面很冷。」
兒子：「要是關上窗戶，外面就暖和了嗎？」

## 有道理

小學生淚眼汪汪地站在老師面前哭訴道：「我也不認為你所做的事情都是對的，可是我有因為這樣，就堅持要去找你的父母談話嗎？」

## 保護

小外甥一次生病，從醫院回來後，他一直帶著哭腔說：「我要變成烏龜。」

問他為什麼要變成烏龜？

他說：「烏龜有大硬殼，針扎不進去。」

## 簽名

小濤：「爸爸，你會閉著眼睛寫字嗎？」

爸爸：「那還不簡單！」

小濤：「那好，請你閉上眼睛，在我這張考試卷上寫上你的名字。」

## 先後順序

小美在作文裡寫上長大後的願望：「首先我希望有一個可愛的孩子；其次我希望能有一個愛我的丈夫。」

老師批語：「請注意先後順序。」

## 錄取

小莉報考貴族幼稚園，面試時教師拿出一張百元紙鈔問：「這是什麼？」

小莉：「是媽媽給乞丐的廢紙。」

教師：「妳錄取了。」

## 木頭

小孩：「媽媽，爸爸怎麼禿頭呀？」

媽媽：「爸爸想的事情太多就禿頭啦。」
小孩：「哦，原來媽媽是什麼都不想的木頭呀！」

## 願望

小芳問她的小女兒：「如果爸媽有一天萬一出了什麼事情，妳一個人最想去哪裡呀？」
小女兒思索了一下，回答道：「美國迪士尼樂園！」

## 幫忙

小兒子詢問母親：「我可以有一個弟弟嗎？」
母親解釋說：「現在還不行，爸爸一直都很忙！」
小兒子說：「難道爸爸不可以多找幾個人來幫忙嗎？」

## 實情

老先生剃光了鬍子回家，鄰家女孩見就說道：「周伯伯！你不像老頭子了。」

老王大喜，女孩接道：「我說你的臉簡直像一個老姑娘！」

## 大力士

少年向著他母親的朋友金小姐說：「妳的力氣真大！」

金小姐不明白：「不是吧？」

少年：「我爸爸說妳常把三、四個男子放在手掌中玩的！」

## 各有所需

全家駕車郊遊。兒子不停地提醒父母看窗外景色。「媽媽妳看，母牛！」「媽媽妳看，山羊」「爸爸，爸爸你看，漂亮小姐！」

## 不像

汽車把一隻雞壓死了。司機下車問路邊一個小孩：「小朋友，這雞是你家的嗎？」

小孩：「是有點像，不過我家的雞沒這麼扁。」

## 天使

皮皮：「天使長什麼樣子？」

母親：「有一雙翅膀，而且會飛。」

皮皮：「奇怪，管家阿姨不會飛，爸爸怎麼對她說妳是我的天使。」

母親：「我今天就讓她飛走。」

## 要求

女兒有不滿意的事表達不出來就大聲嚷嚷，我告訴她這很不好，並對她說有什麼要求儘管說，我一定答應。

她回答說：「媽媽，我想大聲嚷嚷。」

## 數學不好

女兒：「爸爸，你的算術怎麼沒有媽媽好？」

父親：「妳怎麼知道？」

女兒：「你每天向媽媽報帳的時候媽媽總是說：『錯了！你剩下錢到哪去了？』」

## 老婆

爸爸問兒子：「你將來要娶誰做老婆？」

兒子：「平時奶奶最疼我了，所以我要娶奶奶做老婆。」

爸爸：「胡說，我媽媽怎麼可以做你老婆。」

兒子：「那我媽媽怎麼可以做你老婆？」

## 打電話

漂亮妹妹，兩歲。一日，我打電話給她的媽媽，小妹妹接的電話。出於禮貌，我也要和她寒暄一下：「乖乖，媽媽呢？」

小妹妹：「去高雄了！」

我：「乖乖，那妳在做什麼呢？」

小妹妹：「我不是在跟妳講電話嗎。」

## 小時候

同事的兒子，四歲。經典的一句話：我小的時候……

## 好色

昨晚跟老婆視訊，聊了幾分鐘，三歲的兒子喝完奶過來了，一來就抱著我老婆，我就說他：「臭小子，又抱我老婆，你真是越來越好色了。」

兒子回了一句：「我又沒脫衣服。」

## 藏起來

一小孩老是哭著跟在孕婦後面，孕婦終於不耐煩了，轉過身問：「孩子，你怎麼啦？」

孩子抽泣著：「阿姨，我氣球不見了，是不是妳把它藏肚子裡了？」

## 好棒

媽媽向小女兒詳細講解嬰兒的誕生。女兒靜默了一會兒：「我們的小貓咪也是這樣來的嗎？」

媽媽：「對啊。」

小女兒：「爸爸好棒！什麼都會做！」

## 學習

媽媽：「小明為什麼不分給小妹糖吃？老母雞找到小蟲統統給小雞吃，你該學學呀！」

小明：「好吧。如果我找到小蟲，統統給小妹吃好了。」

## 禮貌

媽媽：「你要哪一個蘋果？」

孩子：「大的，最大的。」

媽媽：「孩子，你應該懂禮貌。要小的。」

孩子：「難道懂禮貌就得撒謊嗎？」

## 為什麼

媽媽：「寶寶已經四歲了，你可以自己睡了。」

孩子：「爸爸都那麼大了，為什麼不自己睡？」

## 結果

巴克老爹坐在公園的長椅上休息，有個小孩站在他旁邊很久，一直不走，巴克覺得很奇怪，就問：「小朋友，你為什麼老站在這裡？」

小孩說：「這個長椅剛剛才刷過油漆，所以我想看看你站起來後是什麼樣子。」

## 洗臉

兩歲半的女兒經常說一些可笑的話。一天看電視上非洲人跳舞，她突然問：「媽媽，這個叔叔怎麼沒洗臉呀？」

## 青蛙

兒子四歲看見一隻青蛙在跳，他就學著這隻青蛙跳，跳了幾下站起來說：「真累啊！真難為青蛙了，每天都要這樣跳。」

## 提醒

我同事得腎結石，在家休息。他小侄子問什麼是腎結石，他說就是尿尿的時候有石頭出來，他小侄子很憂慮的說：「叔叔，你尿尿的時候一定記得要把腳打開，小心別砸到腳！」

## 哪個好

我姐家的小孩，一次我問他：「大的好，小的好？」

他說：「大的好。」

又問：「那你長大後當大壞蛋還是小壞蛋？」

回答：「當大壞蛋。」笑倒一片。

## 猜猜

有一天，看到一對龍鳳胎，很可愛，可是分不出大小於是就問：「你們誰大誰小啊？」

女孩子神神祕祕地說：「你猜猜我們誰是哥哥誰是妹妹！」

## 叫什麼

有一次問一個小孩：「媽媽叫什麼？」她奶聲奶氣的終於吐出了名字。那麼，爸爸叫什麼呢？只見她興高采烈毫不含糊的說了兩個字：「老公！」

## 吃醋

有一次帶我侄子到飯店吃飯，女服務生見他可愛，就跟他開玩笑說：「小弟弟，等你長大了，我就嫁給你好嗎？」

誰知道小鬼認真地說：「不行，妳男朋友會吃醋的！」唉！那時才三歲半。

## 小三

昨天到幼稚園接女兒，老師說：「某某的爸爸請等一下。」

我心想有什麼好事呢？竊喜中，誰知老師說：「你女兒今天問我有男朋友了嗎？我說沒有」

緊接著我女兒說了一句讓我昏倒的話：「我爸爸說，如果沒有男朋友就當我爸爸的小三吧！」

## 證明

春天到了，五歲的兒子穿的花俏了些，碰到一位阿姨，見到就說：「哎呀，這女孩長的真漂亮，眼睛大大的，這衣服這麼漂亮。」

兒子酷酷的飆出一句：「我是男孩！」

然後轉過身對媽媽說：「媽媽脫下我的褲子給她看看！」

## 天才

平常兒子只會用勺子吃飯，某天一家回娘家，桌上一桌豐盛的菜，兒子瞪大了眼睛垂涎三尺，但是由於媽媽的疏忽忘記準備勺子，兒子拿起筷子夾了一個花生放嘴裡了，還自言自語：「真好吃」，我們都瞪大了眼睛驚奇的看著他。

「你們不吃嗎？」

「兒子，你會用筷子了啊！」

「真的啊，媽媽，我會用筷子了，爸爸拍照！爸爸拍照！」

於是每頓飯用筷子時都會叫爸爸先拍照。

## 不變

兒子：「我長大了是不是成為像爸爸一樣的男人啊！」

媽媽：「是啊！」

兒子：「那妳小時候是不是也是個小女孩？」

媽媽：「是啊，兒子真聰明！」

兒子：「那妳你老了呢？」

媽媽：「我就成了奶奶了啊。」

兒子：「啊，妳不是媽媽嗎？」

媽媽：「我將來是你的小孩的奶奶啊。」

兒子：「哦，那我不生小孩了，讓妳永遠是我的媽媽。」

## 認識

還是小學的時候，課堂上表演課文，烏鴉和狐狸，我演狐狸。正好那天班主任把他侄子也帶到班上去了，那時他看過了我們的表演。

到了我上初中時，有一回期末考試，兩門考試之間，大家都擠在廁所裡搶著上廁所，然後小學班主任的侄子出現了，他發現自己認識我，一臉興奮的走過來：「你是那個狐狸吧！」

## 洗頭

話說我剛懷孕時，和姐姐討論愛吃什麼的問題。姐姐說妳現在愛吃不愛吃都得吃。妳是給妳肚子裡的小孩吃的……

在旁邊玩的小外甥突然跑過來問：「妳肚裡有小孩啊？」

我：「是啊？」

小外甥：「那妳吃飯不就掉了他一腦袋飯粒嗎？」

我：「呃……」

一年過去了，這事我早忘了。他第一次看到小寶寶的時候，盯著寶寶的頭看了好久。問他看什麼，是不是覺得小寶寶好可愛？

他說：「妳把飯粒洗了嗎？很不好洗吧？」

真的是無言以對……

## 懲罰

有一天我哥哥跟他女兒說：「妳再不聽話就不讓妳去上課！」

我姐姐的女兒接了下句，說：「我也不乖！」

## 睡哪裡

大家都知道幼稚園男孩子和女孩子都睡在一間房間裡的。一次媽媽在大學裡遇見一個她的學生，這個女生請媽媽和我一起去坐坐。

宿舍小小一間住著八個學生，還是高低床。我就依次問幾個姐姐她們的床是哪張。突然進來一個皮膚很白的男生跟姐姐借筆記，我就問他：「哥哥，你的床是哪張？」媽媽和姐姐們就笑了出來，男生的臉馬上紅的像熟透的桃子。

## 實話

一個小弟弟來我們家玩，拿了塊糖給我媽吃，我爸也逗他，說：「小朋友，給叔叔塊糖。」

小弟弟說：「你長得醜，我不給你！」

我爸很沒面子，奶奶過去安慰爸爸：「你別在意，小孩子淨說實話。」

## 童言

因為我比較胖，但是大家都比較照顧我心情，不會當面說我。

有一次大家一起聚餐，同事帶了她的四歲的女兒一起去，那小女孩特別活潑，我見十分可愛，就夾菜給她吃。同事就說快謝謝阿姨，於是小女孩高興的說，謝謝胖阿姨。

我超級囧啊……然後同事就罵她。

我就大方的說沒事，又夾菜給小女孩，沒想到她接著說了句，謝謝胖胖阿姨，如果胖胖阿姨妳再夾菜給我，我就跟妳說謝謝胖胖阿姨。再我就跟妳說謝謝胖胖阿姨……我徹底無語只能乾笑。

同事都笑翻了……看來真的要減肥了……

## 白髮

這天我洗完頭，小兒子看見了，摸著我的頭髮說：「媽媽，妳洗頭了？」

我說：「是啊。」緊接著小兒子說：「妳的頭髮洗的真白啊！」

## 美食

小瞳爸做的菜粥沒吃，放在桌上涼了。

小瞳經過，趴在桌邊看了半天，說：「這是誰吐的啊？」

## 吞不下去

我的女兒四歲了，那天解完大便我給她擦完屁屁後，我沖水，她在馬桶邊穿褲子，可是大便比較乾，水都沖下去了，大便還在馬桶裡打旋，她仰起小臉指著馬桶問我：「它吞不下去？」笑得我和她哥哥直不起腰……

## 元帥

一次去一個朋友家，他們家的沙發是「一二三」組合的，朋友熱情的拍拍那個單人沙發對我說：「老兄，過來坐這裡，元帥專座。」

我坐下來也附和道：「那這位子肯定是我的啦！」

誰知朋友的小女兒（幼稚園的）接著說「天蓬元帥的專座！」

大家一愣，就哄堂大笑了。

## 大師兄

姪女今年兩歲，某天她媽媽在看電視，她在旁邊蹭來蹭去，想要她媽媽跟她玩，就不停叫：「媽媽，媽媽，妳看這，妳看那……」

她媽媽就是不理她，結果那孩子停頓了一下，突然冒出一句話：「大師兄，你在幹嘛？」

她媽媽愕然，然後爆笑！（她媽媽沒在看西遊記，真的！）

自此以後一發不可收拾，每次有人按她們家門鈴，她就在屋裡喊：「大師兄回來了！」

## 無關眼鏡

和一群同學在樓下玩球，一個六歲的小女孩過來湊熱鬧。我們問她：「妳看這些哥哥，哪個最帥啊？」

小女孩看了一圈，指著一個同學：「他最帥，我不喜歡戴眼鏡的！」
於是那個同學把眼鏡摘了下來，問她：「現在呢？」
小女孩看了他一眼，說：「更難看了！」

## 泡妞

老公給三歲的女兒洗澡，剛把女兒放進水盆，女兒就大叫：「媽媽快看，爸爸泡妞啦。」

## 生日

兒子六歲生日，一大家子人一起給他過生日。順便給我爸爸過五十八歲生日。（兒子十一月十三日生，我父親是十一月十四日。）推杯換盞之間。聽到兒子問我父親：「爺爺，為什麼我生日比你大一天，還要叫你爺爺呢？」
滿桌人定格三秒，狂笑噴飯……

## 阿姨

兒子三歲，剛會說話不久。一天，他神神祕祕地對我說：「媽媽，爸爸和阿姨好。」

我一驚，心想：童言無忌，難道先生他，我有點不寒而慄。我忙問：「哪個阿姨呀？」

兒子小手拉著我就往房間走，指指牆上。

我恍然大悟，那位阿姨就是結婚照中的我自己。化了妝穿了婚紗他認不出我了。

## 目的

媽媽：「皮埃爾，你想吃一塊甜餅嗎？」

皮埃爾沒反應，媽媽又問：「皮埃爾，你想吃一塊甜餅嗎？」

皮埃爾說：「想吃，媽媽。」

媽媽說：「為什麼非要我問你兩遍呢？」
皮埃爾：「因為我想吃兩塊。」

## 不一樣

六歲的女兒認真且嚴肅地問道：「媽媽，桌子到底有沒有腿？」
媽媽：「當然有腿了，否則它如何立起來呢？」
女兒：「那它為什麼不走呢？」

## 相機

我帶小豆在城牆邊玩，小豆忽然看見正在寫生的小朋友，他看了他們半天，然後問我：「叔叔，他們一定很窮吧？他們這樣畫的多費勁啊，為什麼不買台照相機呢？那該多方便呀！」

## 支持正版

晚上，爸爸媽媽正在放白天為弟弟拍攝的錄影，弟弟進來看見了突然大叫：「盜版！」衝上去把電視關了，然後一本正經一拍自己的胸脯說：「不要看盜版，要看就要看正版的。」

## 舉一反三

在城東租了一房，房東有一子，六歲，調皮、機靈、可愛，尤以模仿力著稱。

由於尚小，常有高級語錄和行為問世，記錄下來，不失一樂。

翌日回家，房東之子見了我，理直氣壯的，指著說，就是這位叔叔說的。

把其父弄的哭笑不得。

原來，房東之子在我回家之前，對飯菜不滿，一直要吃貓肉。問為什麼，他說吃了就可以長出如他家深受他喜愛的小貓的潔白色的長毛。哦，我知道啦，昨天小傢伙問我為什麼我的腿上長了那麼多的長毛。

我告訴他，那是因為我吃了豬肉，豬身上有毛，所以就長出來啦。

## 包子

家裡吃包子，寶寶對爸爸說：「給我一個包包！」

爸爸對寶寶說：「不要說包包，要說包子。」

寶寶點頭表示記住了。晚上寶寶忽然指著爸爸的胳膊說：「爸爸，你的胳膊讓蚊子咬了一個包子！」

## 關掉

我小外甥小時候很喜歡睡覺，一次睡到太陽照到他的臉，窮叫：「把燈關掉！把燈關掉！」

告訴他是太陽後，又不耐煩地叫：「把太陽關掉！」

## 疼不疼

我的一個同事有一個六歲的女兒，開始換牙了，她的媽媽帶她拔完牙回到公司裡，我問她：「牙還痛不痛？」

那小女孩的回答：「啊呀，牙齒留在醫院裡了，我不知道它痛不痛！」

## 沒睡醒

我外出上學，一個學期回去一次，回去後第一次去我姐家玩，小外甥女剛睡完午覺，見了我什麼也不叫。

全家人都說：「舅舅最疼妳了，快叫舅舅。」小外甥女裝聽不見，死活就是不叫……

於是我跟他們商量好假裝不理她，大家在聊天，誰也不去問她，過了沒一會，小傢伙蹭過來拉我的衣服，說：「舅舅啊。」

我假裝生氣：「剛才不叫我，現在晚了！」

她看起來很委屈的樣子，說：「舅舅啊，剛才我還沒睡醒，沒認出你來……」

我當場暈倒……

## 有空

我同事有個女兒，五歲。去年過年的時候旅遊的人很多，我同事忙，他老婆帶團，就把女兒放在親戚家，一天我們打電話過去，他問女兒：「妳想爸爸嗎？」

他女兒說：「我在看電視，我有空會回去看你的……」

## 證實

我有一個男同事，一日在路邊小飯店喝酒吃飯。見邊上有一個三歲左右的小女孩十分可愛，就上去逗她：「小妹妹，陪妳玩好嗎？」

那個小女孩看了他一眼說：「不好，媽媽說過小女孩要和小女孩一起玩的。」

我那同事不死心，又說「我也是女的呀，妳和我玩吧！」

最後那小女孩回答的話實屬經典，她看了我那男同事一眼，說：「我不信！你把褲子脫下來讓我看！」

## 不用睡

已經是晚上九點了，女兒卻毫無睡意。

我對女兒說：「約約，妳要睡了，不睡長不大長不高的。」

女兒笑嘻嘻地對我說：「你已經長這麼大這麼高了，那你可以不睡了。」

我瞠目結舌。

## 刮鬍子

一次，一個小孩走進理髮店，要刮鬍子。理髮師請他坐下，在他臉上塗滿了肥皂，然後就走開了。

男孩等得不耐煩了，就喊道：「你怎麼讓我等這麼久？」

理髮師說：「在等你的鬍子生出來啊！」

## 兄弟

「媽媽，過母親節時妳想得到什麼禮物呢？」三個孩子問道。

「我只想要三個聽話的、有出息的孩子。」

「哎喲！」孩子們叫了起來，「那麼我們就是兄弟六個了。」

## 使用說明書

「天啊！我再也受不了啦！」媽媽向四歲的孩子叫苦說。
「你弟弟整天整天地哭，我真是不知道該怎麼辦！」
「媽媽，難道你收下他的時候就沒有要一份使用說明書嗎？」

## 不需要

學生：「報告老師，今天考試我忘了帶鉛筆了。」
老師：「如果一個戰士上了戰場卻沒有帶槍，你會怎麼想呢？」
學生：「我想，他一定是個軍官。」

## 奇蹟

尼克和他爸爸一起去探望祖母。在火車上，尼克總是把腦袋伸出窗外。爸爸說：「尼克，安靜些，別把腦袋伸出窗外！」但是尼克仍然把腦袋伸出去。

於是，爸爸很快地拿掉尼克的帽子，把它藏在身後，說：「看，帽子被風吹掉了」。尼克害怕地哭了，想找回帽子。

爸爸說：「咳，吹聲口哨，你的帽子或許就會回來的．」尼克湊到窗口，吹起了口哨。爸爸很快地把帽子放在尼克的頭上。

「哦，真是奇蹟！」尼克笑了。他很高興，飛快地把爸爸的帽子丟出窗外。

「現在，該輪到你吹口哨了，爸爸！」他開心地說。

## 投降

兩個孩子第一次在野外露宿。他們覺得，為了不受蚊子叮咬而把整個身子

全都蜷縮到睡袋裡面去，那是很難辨到的。過了不久，有一個孩子看到了有幾隻正在飛來飛去的螢火蟲，就對他的夥伴說：「我們還是投降吧。現在，那些蚊子正在打著手電筒尋找我們哪！」

## 規矩

小男孩問和他一起玩耍的小女孩：「等妳長大了，願意和我結婚嗎？」

「哎呀，不行。」女孩說，「我很愛你的，但是不能跟你結婚。」

「為什麼呢？」

「因為在我們家裡，只有自己家的人才結婚。比如爸爸娶了媽媽，奶奶嫁給了爺爺，叔叔和嬸嬸結的婚，都是這樣的。」

## 現實

兒子翻看相簿，好奇地問正在做飯的母親：「媽媽，和妳站在一起照相的年輕人是誰？」

「什麼樣的年輕人呢？」
「有烏亮的頭髮和結實身材的年輕人。」
「傻孩子，那是你爸爸。」
「是爸爸？那麼現在和我們住一起的禿頭大胖子又是誰呢？」

## 買票

一個五歲的男孩自己在馬戲團聚精會神地看晚會演出節目，身邊坐著的一個婦女奇怪地問他：「孩子，你怎麼小，怎麼就沒有大人陪著，是你自己買的票嗎？」
「不是，」小孩回答說，「是爸爸買的。」
「那你爸爸呢？」
「他正在家裡找票呢。」

## 童語一

問題：為什麼小孩子是從媽媽肚子裡出來的，不是從爸爸肚子裡出來的？

小朋友A：「女孩子是從媽媽肚子裡出來的，男孩子是從爸爸肚子裡出來的。」

小朋友B：「因為男生可愛！」

小朋友C：「爸爸肚子裡都是啤酒，生出來的孩子都是醉的。」

小朋友D：「爸爸沒有產假，媽媽有產假。」

小朋友E：「爸爸是男的，如果生孩子，就會難產。」

小朋友F：「爸爸生不來的，因為奶奶沒有教他。」

## 童語二

問題：小朋友的頭髮有什麼用？

小朋友A：「用來梳頭髮的。」

提問小朋友B：「那你的頭髮不能紮辮子，有什麼用呢？」
小朋友B：「用來給理髮店剃頭的。」

## 童語三

問題：人為什麼只有兩條腿？
小朋友A：「因為我們不是動物。」
小朋友B：「人長不出四條腿。」
小朋友C大笑：「長四條腿就要打架了。」

## 童語四

問題：怎樣才能讓胖子馬上瘦下來？
小朋友：「吃減肥餅乾。」
追問：「吃減肥餅乾不能立即瘦，怎樣才能一下子變瘦？」
小朋友：「不吃減肥餅乾。」

## 童語五

問題：為什麼有氣球會飛到天上去？

小朋友A：「因為它有氣。」

追問：「那為什麼有的氣球不能飛上天？」

小朋友B：「因為裡面氣太少。」

## 童語六

問題：怎麼分辨男女？

小朋友A：「看頭髮，長頭髮的是女孩，短頭髮的是男孩。」

小朋友B：「偷看他（她）小便，站著的是男生，蹲著的是女生。」

小朋友C：「看他（她）穿什麼襪子，紅的是女生，藍的是男生。」

小朋友D：「看眼神。」

## 童語七

問題：人的鼻子有什麼用處？

小朋友A：「沒有鼻子就不能聞出飯菜的味道，吃了就很怪的。」

小朋友B：「沒鼻子的話，鼻毛和鼻涕就沒地方住了。」

小朋友C：「沒鼻子香水就賣不掉了。」

## 童語八

問題：頭髮有什麼用處？

小朋友A：「冬天不會被雪砸破頭。」

小朋友B：「給理髮師一點事做。」

## 童語九

問題：爸爸為什麼要刮鬍子？

小朋友A：「鬍子長了喝稀飯不方便。」

小朋友B：「鬍子長了他的臉會疼的。」

小朋友C：「長長了會變成頭髮的。」

小朋友D：「我爸爸不刮鬍子我媽媽就不喜歡他了。」

## 童語十

問題：如果小朋友一天就長成大人好不好？

小朋友A：「時間過得太快，一會會兒就要吃飯了，肚子還沒消化呢。」

小朋友B：「如果時間過得很快，人一會會兒就死掉了，那麼世界上就沒人了。」

小朋友C：「如果比爸爸媽媽大了，怎麼叫爸爸媽媽呢？」

## 童語十一

問題：人什麼時候有四條腿？
小朋友A：「扮小狗的時候。」
小朋友B：「兩個人抱在一起。」

## 童語十二

問題：足球場上為什麼那麼多人搶一個球呢？
小朋友A：「他們沒錢，只能買得起一個球。」
小朋友B：「球多了來不及踢。」
小朋友C：「因為球長得漂亮。」

## 童語十三

問題：火車的名字是怎麼來的？

小朋友A：「它媽媽就給它起了這個名字。」

小朋友B：「因為它在生氣發火。」

## 童語十四

問題：為什麼有的氣球會往上飛？

小朋友A：「能飛上天的氣球都是骨頭輕的。」

小朋友B：「氣球生氣的時候就飛上去了。」

## 童語十五

問題：「為什麼叫浦東？」

小朋友：「有很多鴨子跳進去，撲通撲通的，所以叫浦東。」

## 童語十六

問題：錢存在什麼地方比較好？
小朋友A：「存在家裡，因為沒人知道你存錢了。」
小朋友B：「藏在皮鞋裡。」

## 童語十七

問題：湯圓為什麼是圓的呢？
小朋友A：「因為它的名字就叫湯圓。」
小朋友B：「方的湯圓吞不下去，會卡在喉嚨裡的。」
小朋友C：「因為嘴巴是圓的。」

## 童語十八

問題：牛奶是哪裡來的？

小朋友A：「是用奶粉沖出來的。」

小朋友B：「牛小便小出來的。」

## 童語十九

問題：椰奶是從哪裡來的？

小朋友：「把椰子給牛吃，擠出來的奶就是椰奶。」

## 童語二十

問題：聽了《藍色多瑙河》的音樂，小朋友有什麼感覺？

小朋友A：「好像小狗在搖自己的尾巴。」

小朋友B：「感覺很清涼的。」
小朋友C：「有點感覺了，一隻烏龜在爬。」

## 童語二十一

問題：有個老爺爺丟了一匹馬，你認為馬還會回來嗎？
小朋友A：「那匹馬一定會回來的，因為牠認識自己的腳印。」
小朋友B：「我覺得馬到外面去結婚了，不會回來了。」
小朋友C：「會回來的，因為牠的押金還在老爺爺這裡。」

## 童語二十二

問題：如果你家門口撞死一隻兔子，你爸爸媽媽會怎麼辦呢？
小朋友A：「我媽媽會把牠送到醫院的。」
小朋友B：「我爸爸會高興地流口水。」

## 童語二十三

問題：人猿泰山到城裡來可以幹什麼呢？

小朋友：「撈月亮。」

## 童語二十四

問題：小朋友誰知道「談心」是什麼意思？

小朋友A：「談心就是心像個彈簧一樣在彈。」

小朋友B：「兩個人坐在沙發上談生意。」

小朋友C：「談心就是一個人和對面的那個人在談關於心的問題。」

## 童語二十五

問題：什麼是門外漢？
小朋友A：「就是流汗了。」
小朋友B：「大力士在外面站著。」

## 童語二十六

問題：門檻精是什麼意思？
小朋友A：「就是用金子做的門檻。」
小朋友B：「就是有個妖怪坐在門檻上。」

## 童語二十七

問題：七嘴八舌是什麼意思？

小朋友A：「不該說的時候說，該說的時候不說。」

小朋友B：「把舌頭拔出來。」

小朋友C：「八個人很吵，七個人很安靜。」

## 童語二十八

問題：鸚鵡學舌是什麼意思呢？

小朋友A：「就是牠想抓八條蛇回家。」

小朋友B：「鸚鵡學蛇的樣子。」

## 童語二十九

問題：什麼是「書生」？

小朋友A：「抓老鼠的人。」

小朋友B：「叔叔生的孩子。」

## 童語三十

問題：外星人長什麼樣？

小朋友A：「他的眼睛像眼睛哥哥，鼻子像河馬，嘴巴像我媽媽，耳朵像鬼。」

小朋友B：「外星人頭上戴一個玻璃罩，裡面能放魚的。」

## 童語三十一

問題：眼鏡哥哥請一位叔叔給老奶奶讓座，可是這個叔叔沒讓座，這是為什麼呢？

小朋友A：「他在裝睡。」

小朋友B：「他的褲子破了。」

## 童語三十二

問題：小朋友有什麼辦法知道自己晚上有沒有打呼呢？

小朋友A：「叫媽媽幫個忙，拿個鏡子照著，打呼可以看見。」

小朋友B：「我自己閉著眼睛聽。」

## 童語三十三

問題：你有什麼好辦法讓叔叔既能指揮交通又沒有危險？

小朋友A：「戴一個牌子，上面寫上『別撞我！』。」

小朋友B：「在叔叔的頭上面裝一把傘，把他吊在空中，車就撞不到了。」

小朋友C：「叔叔可以站到樹上去。」

小朋友D：「叔叔可以穿盔甲，人家撞他也不要緊。」

# 7

# 真的很無聊

## 沒作用

麗麗：「媽媽，我是妳生的嗎？」
母親：「是呀，寶貝！」
「那哥哥是誰生的呢？」
「傻孩子，你哥哥當然也是我生的呀。」
「連哥哥也是媽媽生的，那要爸爸有什麼用呢？」

## 不脫

母親帶著五歲男孩到兒科診所看病，那孩子一直緊緊地抓著母親的手，女護士好不容易才把他和他母親分開，拉過他領向檢查室。「現在讓我們脫下衣服，」女護士說，「先稱稱有多重。」
那孩子聞言，立即使勁地抽回了手，停下了腳步。「妳自己脫衣服好了。」

孩子說，「我可不想脫！」

## 一樣小

七歲的小侄女非要和我一起洗澡，邊洗還邊說：「姑姑，妳的胸為什麼那麼小？」

我不高興：「哪小了，怎麼小了？」

小侄女可憐地看了我一眼，安慰道：「沒事，我的也很小……」

## 高度

有個三歲的兒子問他爸爸：「為什麼你是爸爸，而我是兒子呢？」

他爸爸回答：「傻兒子，連這你也不懂，因為我比你長的高呀！」

兒子點頭後又問：「那我以後長的比你高了，是不是該你管我叫爸爸了？」

## 愛哭

小孫女很愛哭，奶奶便哄她：「乖孩子，別哭了，女孩子一哭，臉就會變醜的。」

奶奶說後，小孫女果然不哭了，但她看了奶奶很久後問道：「奶奶，妳從小到大哭過多少回了？」

## 算術

父親教兒子學算術：「寶寶，一加一是多少？」

兒子：「不知道！」

父親：「是兩個，笨蛋！知道了嗎？」

兒子：「知道了。」

父親再問：「那麼，我和你，加起來是幾個？」

兒子答：「是兩個笨蛋！」

## 用詞

媽媽告訴明明：「花兒死了就叫凋謝。」

不久，明明的爺爺病逝了，明明很傷心地對媽媽說：「爺爺凋謝了。」

## 反義詞

母親到幼稚園接明明，明明看見豆豆的爸爸牽著豆豆就問：「媽媽，豆豆的爸爸怎麼生了個反義詞？」

「什麼叫生了個反義詞？」

「她爸爸那麼胖，豆豆那麼瘦，老師說：『胖』『瘦』是反義詞。」

## 來不及

在一所幼稚園的一個很大的班級裡，老師讓小孩們問問題，大家一個問完接下一個，有個小孩一直把手舉在空中，不過當輪到他問時，他卻把手放下了。

老師問他：「怎麼了你等了這麼久，為什麼輪到你講，你卻把手放下了？」

小孩回答說：「來不及了，已經濕了。」

## 感情破裂

常聽大人說：「感情破裂」一詞，寶寶似乎對這個詞略有所悟。某天，寶寶低著頭回家，悶聲不響。媽媽問他怎麼了，他脫口便說：「我和小麗感情破裂了，她有口香糖，居然不給我吃！」

## 不可以

「媽咪，我已經十三歲了。」

「我知道。」

「那我可以戴胸罩了嗎？」

「不可以。」

「可是姐姐十三歲就開始戴胸罩了。」

「我說不可以，就是不可以。」

「那麼我可以用衛生棉了嗎？」

「不可以，姐姐十三歲就開使用衛生棉了。」

「我說過，不可以。」

「那我……」

「給我閉嘴，你這個笨兒子！」

## 智慧

在看日本動畫片《一休和尚》的時侯，爸爸問十歲的兒子：「你說一休為什麼聰明呢？」

「因為他沒有頭髮呀！」兒子回答道。

「頭髮與智慧有什麼關係呢？」

「你不是說媽媽頭髮長見識短嘛！」

## 安排

兒子三歲，平時住在幼稚園，雙休日接回家後，就睡在我和妻中間。上周日的晚上，他對我們說：「我們班孫潔說要嫁給我。」

我大吃一驚，忙問：「那你怎麼辦？」

「我當然要跟她結婚啦！」兒子響亮地回答。

「爸爸媽媽，我們趕快買房吧。」

「買房幹什麼呀？」妻問。

「我跟她結婚用！對了，得給我買個兩房。」

「買兩房幹什麼呀？你們小倆口住一房不就行了嗎？」我故意逗他。

誰知兒子卻說：「別以為我不懂，我們的孩子還得住一間呢！我可不想讓孩子跟我一樣，睡在你們大人中間。」

## 效果很好

老師：「小明，最近你的功課寫的不錯！」

小明：「這全是員警掃黃的功勞！」

老師：「功課與掃黃有什麼關係？」

小明：「我爸每晚沒地方去，就盯著我寫功課！」

## 趕工

媽媽問小女兒，生日那天最想要什麼禮物，女兒大聲說：「想要一個小弟弟。」

媽媽回答道：「爸爸和媽媽也很願意給妳一個小弟弟，但在妳生日之前沒有足夠的時間準備小弟弟。」

女兒奇怪道：「那你們為什麼不像爸爸的工廠那樣做呢?他們有什麼東西

要趕的話，就會找更多的人來加班。」

## 淑女

昨天晚上看一檔電視節目，裡面有段主持人與五歲小女孩的對話，記錄如下：

主持人：「妳將來想做什麼呀？」
女孩：「我想做淑女。」
主持人：「在妳心目中，淑女應該是什麼樣子的？」
女孩沉默了一下。主持人啟發道：「那妳說說，淑女說話是什麼樣子的？」
女孩：「小小聲的。」
主持人：「那淑女走路呢？」
女孩：「慢慢的。」
主持人：「吃飯呢？」

女孩：「當然也是慢慢的。」

主持人：「那淑女做事情是怎麼樣的呢？」

女孩有些不滿，反問道：「人家都是淑女了，還用做事情嗎？」

## 開花

遙遙是一個調皮的男孩，一天到晚把媽媽氣得團團轉。那天，他又把媽媽買的新帽子，放到馬桶裡當遊艇，媽媽氣得說：「你再不聽話，我就把你的屁股打開花！」

遙遙回過頭來，柔聲細語地說：「媽媽，屁股上開的花香不香啊！」

## 問題

公共汽車上，一個不到六歲的女兒很認真地對她的爸爸說：「爸爸。我不想死。」

「好的，只要爸爸不死，就保證妳不死。」

「可是爸爸會死嗎？」

「只要爺爺奶奶活著，他們會保證爸爸也不死。」

「可是爺爺奶奶會死嗎？」

「那是他們的爸爸媽媽的事了，爸爸可管不了……」

小女孩楞了一下，爸爸剛深吸一口氣，還沒有來得及為剛才的急中生智自得，問題又來了：「爸爸，叫媽媽給我生個小弟弟吧。」

「要弟弟幹什麼？」

「有人陪我玩啊。」

「那妳跟妳媽媽說說吧。」

「媽媽說要我跟你說。」

「要弟弟幹什麼，爸爸窮，養不起他。」

「可是我就是想要個小弟弟啊。」

「那……妳可要想好了，他要跟妳一起吃蘋果巧克力，還要一起喝可樂雪碧。」

「可以啊，你買兩份。我們一人吃一份。」

「什麼，都說了爸爸窮了，妳要把妳的一份分給他一半。」

「那……那我還是不要小弟弟了吧。」

說到這裡，爸爸腦門上開始冒汗，從女兒手裡拿過可樂瓶子，剛想喝一口，女兒又說話了：「爸爸，我不想生孩子。」

「哦……啊？……為什麼呀？」

「生孩子多疼啊。」

「妳怎麼知道的？」

「電視裡演的，都是疼得直哭啊。」

「哦……只要妳不想生就行，妳不同意就沒人能叫妳生孩子。」

「可是我們班『程程』說，不管想不想，都得生孩子。」

「妳信他說的幹什麼？」

「爸爸，程程說了，他長大以後要跟我結婚……」

爸爸喝了一半的可樂全噴出來了，滿車的人都笑歪了……

## 見不得人

週末，老婆正在屋裡敷面膜，突然聽樓下鄰居在喊：「小梅，小梅，妳家客人來啦！」

我老婆一聽，忙躲進臥室，對四歲的兒子說：「培培，你快去客廳幫媽媽招呼一下客人，你看媽媽這個樣子能見得人嗎。」

懂事的兒子趕忙開門出來，對來訪的客人說：「我媽媽一會兒就出來。」

「你媽媽躲在屋裡幹什麼哪？」客人問道。天真的培培非常爽快地回答道：「我媽媽正在做一件見不得人的事。」

## 生氣

農夫的家在大路邊。這天他看到一輛運草的大車翻倒在路邊，一個小孩站在一邊哭。農夫安慰小孩：「別著急，你先到我家裡喝口水，吃點飯，然後我幫你把車扶起來。」

小孩說：「不行，我爸爸會不高興的。」

「不要緊，他會原諒你的。」

小孩只好跟農夫進了家。待到吃完飯，小孩子又擔心起來：「我想，我爸爸已經生氣了。」

農夫說：「別害怕。你告訴我，你爸爸在哪兒呢？」

小孩小聲說：「他還壓在車底下呢。」

## 監獄

小彬彬的爸爸是一所監獄的副所長。一天，媽媽帶彬彬去買東西，結帳時收費員問他是不是常和媽媽在一起的時間比較多，彬彬答道：「是啊，因為爸爸在監獄裡。」

## 母的

母親給兒子買了一隻鸚鵡，然後搭車回家。

在車上，兒子問母親：「這隻鸚鵡是公的還是母的？」

「母的。」母親回答說。

「妳怎麼知道的？」兒子又問。

車上鴉雀無聲，乘客個個都想聽這位母親如何來回答。只見她不慌不忙地答道：「你沒看見這隻嘴上塗了口紅嗎？」

## 生日禮物

媽媽今天過生日，兩個孩子要她臥床休息。她聞到從廚房飄出陣陣誘人的肉香，高興地等著孩子們給她端來早餐。可是，過了一會，孩子們叫她起床，她出來一瞧，只見兩個孩子坐在餐桌旁，每人面前放著一大盤火腿蛋。一個孩子對她說：「這就是我們送給妳的禮物——我們給自己做飯了。」

## 什麼時候開始

父親：「小孩子不應該撒謊，我像你這麼大的時候，從來沒撒過謊！」

孩子：「那你是多大開始撒謊的呢？」

## 爸爸

管委會大嬸：「小朋友，大冷天你一個人站在門口幹什麼，怎麼不在屋裡待著？」

小孩：「爸爸，媽媽在吵架。」

管委會大嬸：「不像話，你爸爸是誰？」

小孩：「這就是他們吵架的原因。」

## 凍結

兒子哈利今年十歲，他有一個存錢盒，放在衣櫃的抽屜裡。我和妻子需要零錢時，就從他的錢盒裡掏，並留下一張借條。哈利顯然不喜歡這種做法。一天，有人交給我一張錢數不多的支票，我想正好可以還兒子錢了。我跑進兒子的臥室，找到錢盒，但裡面只有一張小紙片，上面寫著：「親愛的媽媽、爸爸，我的錢在冰箱裡，我希望你們明白，我的資金已全部凍結了。」

## 報名

我姐姐的孩子（三歲）有看到本地舉行模特兒大賽報名電視廣告，很高興地問媽媽：「當國家總統要報名嗎？」

## 錯字

老師給每個小朋友一個寫著名字的胸牌，媽媽看見姍姍被寫成珊珊，就對老師說：「她不是這個珊，她是女字旁的姍。」

三歲半姍姍在一旁小聲問：「媽媽，是不是老師把我的名字寫成男字旁的了？」

## 老了以後

萌萌屬虎，常常以大老虎自居，媽媽為了勸萌萌吃飯說：「妳現在只是個小老虎，只有好好吃飯長大了，才能真正成為大老虎！」

萌萌聽了之後問：「媽媽妳現在屬狗，是不是等妳老了就屬老狗了？」

## 照鏡子

寶寶站在鏡子旁，閉著眼睛扭來扭去，我覺得很奇怪，走過去問她：「妳在幹什麼呀？」

她說：「我在照鏡子！」

我說：「那妳閉著眼睛幹嘛？」

她大聲說：「我在看我睡覺的模樣！」

## 反應很快

兩歲的嘉嘉問奶奶：「為什麼把媽媽叫媽咪呢？」

奶奶回答說：「媽咪是暱稱，表示你非常非常喜歡媽媽。」

嘉嘉：「我也非常非常喜歡爸爸，那我可以叫他爸咪嗎？」

奶奶覺得挺有趣，回答道：「可以，只要你喜歡。」

小傢伙受到鼓勵，小腦袋瓜轉得可快了，快得奶奶都跟不上：「奶咪，嘉咪的小汽車咪跑到沙發咪下面去了！」

## 很像

從來沒教過小陶胳膊怎麼說，有一天他想讓我把小臂抬起來，自己琢磨了半天，然後誠懇地請求道：「媽媽，把你手上邊的小腿抬起來！」

## 等死

我們五歲大的兒子迷上了摩托車，一見就情不自禁地高喊：「看哪！將來我一定要有一輛！」

我的回答永遠是：「只要我活著就不行。」

一天，兒子正跟小朋友談話，一輛摩托車奔馳而過。他興奮地指著大叫：「看哪！看哪！我要買一輛，等我爸爸一死我就買！」

## 猜謎

「媽媽，妳知道誰的牙根是黑色的，而牙齒是白色的？」
「不知道，娜佳。你能說說看嗎？」
「鋼琴。」

## 會面

四歲的小兒子進來挺神氣地讓我看他手上爬著一條蠕動的毛蟲。我一見毛蟲就全身一顫，可是我卻隨口說了句逗孩子玩的話：「馬克，快把牠弄到外面去吧，牠媽媽一定在找牠。」

馬克轉身走了出去。

我以為達到了目的，誰知馬克一會兒又進來了，手上爬著兩條毛蟲，他說：「我把蟲媽媽接來了。」

## 舉例

自然老師問道：「我們從大自然認識到許多事實，許多例子，比如由於直覺的性能，一種動物不喜歡另一種動物，或者仇恨另一種動物，例如說，狗不喜歡貓，狐狸追捉母雞，蜘蛛是蒼蠅的敵人等等……有誰還能給我們舉些例子呢？」

小安娜舉手回答：「例如學生和老師。」

## 軍事祕密

父親叫兒子去寄一封信，這封信是寫給在部隊的朋友的。

「我已經把信寄了。」兒子告訴父親。

「什麼，已經寄了？」父親驚奇地說：「你幹嘛不先問我一聲？信封上還沒寫地址呢！」

「這我知道，」兒子說，「我想那一定是軍事祕密。」

## 博學多聞

從前有位博物學家，確實博學多才。人們向他提出種種問題，沒有一個他不知道答案。一天，有個小孩想捉弄他一下，就對他說：「學者爺爺，有一種動物很特別，你一定不知道牠的名字！」

「笑話！」學者說，「那動物是什麼樣的？」

「你聽著，」小孩說，「那傢伙有三個腦袋，六隻手，十八隻腳，五條尾巴，一百隻眼睛，外加一個碗口大的肚臍眼。牠長著翅膀不會飛，走起路來卻快如風，你說牠叫什麼名字？」

學者冥思苦想，三天三夜也想不出來，於是，又去翻查書籍，忙了一個月也沒結果，最後，還是屈尊去問小孩。

「連這個你也不知道？」小孩笑道，「書上不是寫著嗎，牠是個妖怪。」

## 不哭

小寶在路上跌了一跤，把腿摔傷了，流了很多血。回家後，母親一面用繃帶給她包傷口，一面問她：「小寶，你的腿摔得這樣重，當時一定哭了吧？」

小寶說：「我沒有哭。當時妳沒在旁邊，我哭給誰聽呢？」

## 現學現賣

上幼稚園的女兒剛剛學會了用「大」字來組詞，她興奮地指著家裡的東西念道：「大狗、大衣、大床……」，高興地看著女兒會用「大」字拼這麼多東西，只見女兒回過頭對我一笑，甜甜地叫了聲：「大媽……」

## 吃什麼補什麼

晚上吃飯時。

「來！吃塊雞腿，吃了它你就能跑的快些了哦！因為『吃什麼補什麼』啊！」

小明：「真的啊！我老師說我的計算能力差，那是不是要多吃幾個電腦才會好啊？」

## 有人處理

早晨，兒子下樓吃早餐時穿了一身顏色相稱的衣服，十分英俊，只是領子沒有拉直。

「你今天的樣子真帥。」我一面說一面伸手去拉直他的衣領。

「媽，不要去弄它，」他說，「等一會兒上課碰到某個人時，她會替我拉直的。」

## 文筆

小林是一個人見人愛的小學一年級學生，但很調皮。有一天，上語文課時，語文老師出了一個題目：三十年後的我。以下是小林作文中的一段：

今天天氣很好，我帶著我的小孩在公園裡玩耍。走著走著，遇到一個渾身惡臭，衣服破爛，無家可歸的老太婆，我仔細一看，天哪！她竟然是我小學時的語文老師！

## 不同意

兒子和媽媽不僅母子情深，更是知心朋友，兒子是媽媽的精神支柱，媽媽是兒子自小崇拜的偶像。兒子五歲時，一天看到電視上結婚的畫面，對媽媽說：「媽媽，我長大了是不是也要結婚？」

媽媽說：「沒錯。」

兒子很高興的說：「媽媽一定要等著我長大，我也和媽媽結婚！」
爸爸在一旁忍俊不禁小聲說著：「我絕不會同意的！」

## 青山老妖

兒子上初中，個頭高出媽媽許多，性格也比較開朗，整天和班裡的男女同學瘋玩，媽媽擔心中學生早戀在兒子身上發生，又找不到合適的方式與兒子溝通。有一天翻看兒子的手機，想從中找出點蛛絲馬跡教育他，然而手機上面的連絡人全是用符號或綽號，看不出所以然。

媽媽指著其中一個綽號叫『青山老妖』的對兒子說：「我兒子長的這麼帥，可不能讓青山老妖纏住，毀了你美好前程。」

兒子心領神會，知道媽媽的意思，就笑著向媽媽保證：「老媽妳放心，那青山老妖是男的。」過了一段時間，一次兒子的手機忘在家裡，卻不停的有電話打來，媽媽一看全是青山老妖打來的，去接時，對方就掛了電話，媽媽回撥過去質問，卻聽到一個小女生的聲音：「阿姨，我打錯了電話。」

兒子回來後，媽媽沒有罵他，笑著說：「兒子，那青山老妖果然道行很深，名副其實，男妖竟變成了女妖。」

兒子知道了電話的事，向媽媽道歉，以後不再說謊了。

## 含蓄

十歲的妹妹拿了一包鍋巴在院子裡吃的津津有味，鄰居家五歲的弟弟在旁邊眼巴巴的看著，想吃又不好意思說，就問妹妹，脆不脆？這妹妹還挺含蓄的，妹妹拿了一片放嘴裡，說：「你聽聽！」

## 美人

同事的女兒是個小美人胚子，從幼稚園回來她媽媽經常會問她：「美人兒，今天有人這麼叫妳了嗎？」

小小女孩子居然歎了口氣：「我想他們看我看多了，也就不覺得我美了。」

## 是誰

這天突然發現，我有大姨，二姨，四姨，五姨，卻沒有三姨。於是就去問我爸：「為什麼我沒有三姨？」心裡還想了一下：「難道三姨在小的時候就死了？」我爸說：「你三姨就是你媽！」

## 母雞

小瑪麗去到鄉下祖母家。一天，她在花園裡玩耍，看見一隻孔雀，她從來沒有見過這種鳥，望了一陣子後，她得意地跑進屋裡叫道：「奶奶，快來看啊，妳家有一隻母雞正在開花！」

## 解決問題

小明告訴媽媽，今天客人來家裡玩的時候，哥哥放了一顆圖釘在客人的椅子上，被我看到了。媽媽說：「那你是怎麼做的呢？」

小明說：「我在一旁站著，等客人剛要坐下來的時候，我將椅子從他後面拿走了。」

## 故事

從前有座山，山裡有座廟，廟裡有個老和尚，老和尚在給小朋友講故事。講什麼故事呢？從前有座山……

## 好心

一位心地善良的老先生沿街緩緩地行走，看見一個男孩想按門鈴，但怎麼也搆不到。於是伸手幫他按響了門鈴。男孩這時對老先生說：「幹的好，咱們快跑吧！」

## 難為情

有個小娃兒，年六歲，還需要母親抱，父謂之曰：「兒年已大，還要娘抱，難道不覺得難為情嗎？」

兒曰：「那麼父親你年紀比我大多了，為何還要母親抱呢？」

## 撿來的

約翰手裡拿著一張大面額鈔票對媽媽說：「這是在外面撿的！」

母親不相信，問：「真是撿來的嗎？」

約翰回答：「真的，我還看見那人在找呢。」

## 下雨

下雨天小明問媽媽：「為什麼會下雨呢？」
媽媽說：「因為天上有雲彩。」
小明：「雲彩怎麼來的？」
媽媽：「水蒸氣到天上就變成了雲彩呀。」
小明：「水蒸氣是什麼東西？」
媽媽：「你看爐子上的那鍋湯了吧，那冒的熱氣就是水蒸氣。」
好久沒下雨了。
小明對媽媽說：「媽咪，我們燒鍋湯吧！」

## 哥哥

媽咪說：「小明太孤單了，媽咪再生一個陪你好嗎？」

小明說：「好呀！」

媽咪問：「是要個妹妹還是要個弟弟？」

小明說：「弟弟妹妹都不要！」

媽咪說：「那你說該怎麼辦？」

小明說：「要個哥哥，哥哥不和我搶東西吃，還可以幫我打架。」

## 地震

小明特別膽小，地震了，小明嚇得嘴唇發抖，連褲子也穿不上，在幼稚園裡傳為笑談。

小明不服道：「哼！我那算什麼，當時大地抖得比我厲害多了！」

## 有多愛

我弟弟去某小學打籃球，聽到一低年級女生問一個低年級男生：「你到底愛不愛我？」

那男生無奈道：「我媽一天給我十元，其中八元都讓妳拿去買零食了，妳說我愛不愛你……」

## 規定

一日，我約同事吃飯，同事帶著他六歲的女兒妞妞一起來了。坐定後，妞妞拿出剛在超市買的橙汁準備喝。這時飯店服務生走過來說：「對不起，本店不允許自帶酒水飲料。」妞妞聽後，乖乖地放下了飲料。

飯吃到一半時，妞妞實在忍不住想要喝橙汁，只見她站起來，拿起飲料，眼巴巴地看著那個服務生，說：「阿姨，我出去喝可以嗎？」

## 總有人請

女兒撒嬌老爸：「你今天請我吃麥當勞吧？」

老公最反對女兒吃速食，他板著臉：「我沒錢。」
「那媽媽請吧？」
為了統一戰線，我也板著臉：「我也沒錢。」
女兒眼珠一轉：「我有一個好辦法：打電話叫奶奶請。」

## 我媽的

小時候年幼無知，只看過我媽穿胸罩，便以為胸罩是我媽專屬的東西。於是有一段時間，我每天抱著撐衣竿子去院子裡把所有的胸罩都收回家。鄰居女人們日日來我家索要胸罩，我每天執著的守護著家門口，朝她們大喊，全是我媽的！

## 考慮清楚

一個六歲男孩兒告訴他的父親，他要娶住在街對面的那個小女生。這位父親是一位教師，在教育孩子方面很有經驗。他並沒有笑話孩子。

「這可是個大事情，」父親說：「你們倆認真地考慮過了嗎？」

「當然。」男孩兒回答道。「我們倆在我的房間住一周，下一周在她的房間。兩家只是隔著一條街，如果夜裡我覺得害怕，還可以跑回家。」

「東西怎麼搬？」父親問。

「我用自己的小貨車，而且我們都有自己的自行車，」男孩兒答道。

男孩兒回答了父親的所有問題。

最後，父親給兒子出了個大難題，問：「孩子怎麼辦？你知道，一旦結了婚可能會有孩子的。」

「這個問題我們也想到了，」小男孩兒答道。「我們暫時不打算要孩子。如果她下了蛋，我就把它踩碎！」

## 優惠

幼稚園阿姨說：「尿床一次罰款五元，尿床兩次罰款六元，尿床三次罰款七元！」

小蘭站起問：「包月多少錢？」

小方站起來說：「辦VIP年卡行嗎？」

## 天分

兒子八歲，調皮搗蛋最擅長。在學校打破玻璃，約同學脫別人褲子，跑到女廁所撒尿……從來就沒消停的時候。

今天中午，他突然從學校跑回來，也不吵鬧。一個人安安靜靜的跑到房間裡，安安靜靜的。看到他這樣乖，我突然腦袋發毛。決定一探究竟，結果發現了他的初戀。

我叫老婆把兒子帶出去吃東西，然後我翻了半天。終於在文具盒的裡面找到了一些紙條。裡面內容如下：

兒子：「麗麗，妳好喜歡打我的小報告，妳怎麼那麼可惡啊。」

麗麗：「我是班長，我不管的話老師會罵我，你就不能乖一點嗎？」

兒子：「如果我喜歡妳，妳還會打我小報告嗎？」

麗麗：「那也要看我喜歡不喜歡你啊！」

兒子：「那妳喜歡我嗎？我爸說我比別人都聰明呢。」（好直接！當年老子追他媽的時候，都拐了十八道彎的。）

麗麗：「不告訴你。」（難道女孩天生就有欲拒還迎的本領？）

兒子：「我幫妳捉一隻蝴蝶，妳就告訴我好嗎？」（利誘啊！這小子！）

麗麗：「不行，我要兩隻，才告訴你。」（不得了，順勢加碼！）

兒子：「好，那妳告訴我，妳喜歡我嗎？」

麗麗：「有點喜歡，我喜歡和你玩，但你以後不要拿假毛毛蟲嚇我好嗎？」

兒子：「我不嚇妳，我去嚇琪琪。妳不喜歡誰，我就幫妳嚇他。」（紅顏禍水……）

麗麗：「琪琪是我的好朋友，不要嚇她啊。」

兒子：「好，我也不嚇她。下課我們一起去玩沙子好嗎？」

麗麗：「不要，弄髒衣服，媽媽會罵我。我要你幫我捉蝴蝶。」

兒子：「妳叫我一聲『親愛的』我就去捉好。」（了不起，估計他聽到他媽叫我這個詞了）

麗麗：「我媽媽才會這樣叫我爸呢？你又不是我爸爸，我為什麼要叫？」（天下烏鴉一般黑）

兒子：「我媽媽說，喜歡的人就叫『親愛的』。」（這小妮子怎麼教兒子的……）

麗麗：「那你先叫我一聲，我再叫你一聲好？」

兒子：「誰不叫誰是小豬加小狗好嗎？」

麗麗：「好。」

兒子：「親愛的麗麗。」

麗麗：「親愛的小磊。」

……

## 原來如此

兒子小表姐比他大一歲零幾個月，兩個人個子差不多。去年暑假兩姐弟一起玩了十來天，感情挺好。忽然有一天，兒子對我說：「媽媽，我長大了就娶姐姐做老婆吧！」我問：「你喜歡姐姐嗎？」

兒子答：「不是，我懶得到外面去找了。」

## 報答

兒子三歲時晚上發燒，我用毛巾給他降溫，陪他說話，兒子感動地說：

「媽媽，等我長大了給妳找個男朋友，讓妳穿上婚紗結婚！」

我一愣，說：「那爸爸怎麼辦？」

回答：「我也給他找個女朋友！」

## 馬戲團

「爸爸，我來演馬戲團的大狗熊吧。」

「那我要演什麼呢？」

「你演那個陪狗熊玩的叔叔，不斷地把好吃的塞到我的嘴裡。」

## 吹牛

三個小孩在一起吹噓自己的父親。

第一個說：「我爸能潛水五分鐘。」

第二個說：「我爸能潛水十分鐘。」

第三個笑了，他蔑視地對那兩人說：「我爸自從兩年前下水去到現在還沒上來呢。」

## 剛剛好

托兒所的阿姨吼道：「還不快點睡，哭什麼？」

一個小女孩說：「阿姨，我，我，我想家。」

「不許哭，再哭，我一腳把你踢到南投去！」

「踢我吧！」另一個小男孩說：「阿姨！我家就住在南投。」

## 遺傳

兒子：「爸爸，我聽你說過，你上學的時候，曾經留過級，是嗎？」

父親：「是呀！」

兒子：「真糟糕！」

父親：「怎麼啦？」

兒子：「歷史又重演了！」

## 沒錯

老師：「你爸爸才三十歲，他怎麼參加過抗日戰爭？」

學生：「那是說的我爺爺。」

老師：「你搞錯了，作文的題目是《我的爸爸》。」

學生：「沒錯，作文是我爸爸寫的。」

## 外人

小女三歲，特別會說話。一日，我帶她到附近的人工湖遊玩。湖邊的小草新綠，映著一湖碧水，暖暖的陽光伴隨微風拂面，一派盎然春意。小女玩性大發，頻頻做歡呼雀躍狀。

突然，她見湖面泊著一排鴨形遊船，就非要玩。

於是，我上前問看船人：「師傅，這船怎麼租啊？」

看船人笑著回答說：「這船是培訓中心的，不租外人。」

無奈，我正要跟小女解釋，突然，女兒對看船人說：「我不是外人，我是女人。」

我與看船人相視而笑。

## 生活

四歲的小濤被爸爸打了，摸著腦袋在家門口轉來轉去。鄰居張阿姨看到了，問他：「怎麼啦？」

他一臉的憂慮的說著：「我要走！這裡的日子我過不下去了！」

## 注意安全

四歲的安安養了一隻小鴨子，每天跟牠說話，周日還帶牠到樓下散步。出門前媽媽叮囑安安：「要注意安全。」

安安認真的說：「放心吧，媽媽。我已經告訴牠，現在治安不好，不能跟陌生鴨子說話。」

## 不舒服

診所門前坐著兩個小男孩。「小朋友，你哪兒不舒服？」護士問。

「我吞下了一個玻璃球。」

「你呢？」護士問另一個。

「那個玻璃球是我的。」

## 害怕

爺爺退休後學書法，開始執筆時手總抖，四歲的孫子見了，疑惑的問：「爺爺，寫毛筆字真的那麼嚇人嗎？」

## 慣例

母親帶兒子上商店，先給兒子買了雙鞋，然後打算給自己買一雙，她請售貨員取六號碼半的，兒子搶著糾正道：「應該拿七號碼半的，免得明年妳的腳長大了穿不下。」

## 生病

兒子：「媽媽，妳去哪裡呀？」

母親：「我去買老鼠藥。」

兒子：「老鼠病了嗎？」

## 為什麼

五歲的女兒不明白媽媽的肚皮為什麼有一個疤痕，媽媽向女兒解釋說：「這是醫生割了一刀，把妳取出來。」

女兒想了一會兒，很認真地問媽媽：「那妳為什麼要吃我？」

## 糾正

女兒：「哎喲！媽媽，妳踩到我的腳了。」

媽媽：「沒關係。」

女兒：「媽媽，妳說得不對。應該妳說『對不起』，我說『沒關係』。」

## 問題

電視上《動物星球》開始了，父親看著看著，突然來了靈感，就問兒子：

「我來考考你，世界上有許多動物，什麼動物既能給你肉吃，又能給你皮鞋穿？」

兒子想了一會兒，肯定地回答：「是爸爸！」

## 沒有

「兒子，你到肉店老闆那兒去一趟，看他有沒有豬蹄。」

「怎麼樣，有沒有哇？」

「不知道，我等了好長時間，可是他就是不脫鞋。」

## 早知道

奶奶：「一加二等於幾？」

孫子：「等於三。」

奶奶：「答對了，因此你會得到三塊糖。」

孫子：「早知道是這樣，我就說是等於五就好啦！」

## 喜好不同

鄰居阿姨生了個小妹妹，母親問明明想不想要個小妹妹。
明明說：「妹妹有什麼好玩的。媽媽，妳給我生隻小狗吧，要白色的。」

## 英語

母親從幼稚園接出女兒，回家的路上問：「今天老師教什麼英語了？」
女兒說：「大雪碧。」
母親百思不得其解，第二天到幼稚園問老師，老師說：「昨天教的是大寫『B』。」

（讀品讀者回函卡）

## 全民大笑話：笑到凍未條！

■ 謝謝您購買這本書，請詳細填寫本卡各欄後寄回，我們每月將抽選一百名回函讀者寄出精美禮物，並享有生日當月購書優惠！
想知道更多更即時的消息，請搜尋"永續圖書粉絲團"

■ 您也可以使用傳真或是掃描圖檔寄回公司信箱，謝謝。
傳真電話：（02）8647-3660　信箱：yungjiuh@ms45.hinet.net

◆ 姓名：＿＿＿＿＿＿＿＿　□男 □女　□單身 □已婚

◆ 生日：＿＿＿＿＿＿＿＿　□非會員　□已是會員

◆ E-mail：＿＿＿＿＿＿＿＿　電話：(　)＿＿＿＿

◆ 地址：＿＿＿＿＿＿＿＿＿＿＿＿

◆ 學歷：□高中以下 □專科或大學 □研究所以上 □其他＿＿＿＿

◆ 職業：□學生 □資訊 □製造 □行銷 □服務 □金融
□傳播 □公教 □軍警 □自由 □家管 □其他＿＿＿＿

◆ 閱讀嗜好：□兩性 □心理 □勵志 □傳記 □文學 □健康
□財經 □企管 □行銷 □休閒 □小說 □其他

◆ 您平均一年購書：□ 5本以下 □ 6～10本 □ 11～20本
□21～30本以下 □ 30本以上

◆ 購買此書的金額：＿＿＿＿＿＿

◆ 購自：□連鎖書店 □一般書局 □量販店 □超商 □書展
□郵購 □網路訂購 □其他

◆ 您購買此書的原因：□書名 □作者 □內容 □封面
□版面設計 □其他

◆ 建議改進：□內容 □封面 □版面設計 □其他＿＿＿＿

您的建議：

| |
|---|
| 廣 告 回 信 |
| 基隆郵局登記證 |
| 基隆廣字第 55 號 |

2 2 1 - 0 3

新北市汐止區大同路三段 194 號 9 樓之 1

讀品文化事業有限公司　收

電話/(02)8647-3663　傳真/(02)8647-3660

劃撥帳號/18669219　永續圖書有限公司

請沿此虛線對折免貼郵票或以傳真、掃描方式寄回本公司，謝謝！

讀好書品嚐人生的美味

# 全民大笑話：笑到凍未條！